中阿典籍互译出版工程
مشروع تبادل الترجمة والنشر بين الصين والدول العربية

ثلاثمائة وست وستون

366 封信

[苏丹] 埃米尔·塔基·希尔 著
魏启荣 孙 珊 译

五洲传播出版社

图书在版编目（CIP）数据

366封信／（苏丹）埃米尔·塔基·希尔著；魏启荣，孙珊译．－－北京：五洲传播出版社，2018.10
ISBN 978-7-5085-3598-2

Ⅰ.①3… Ⅱ.①埃… ②魏… ③孙… Ⅲ.①书信体小说－苏丹－现代 Ⅳ.① I412.45

中国版本图书馆CIP数据核字(2018)第326331号

出 版 人：荆孝敏
责任编辑：杨　雪
助理编辑：田　辉
装帧设计：高　伟
内文设计：马　凤

366封信

作　　者：埃米尔·塔基·希尔（苏丹）
译　　者：魏启荣　孙珊
出版发行：五洲传播出版社
地　　址：北京市海淀区北三环中路31号生产力大楼B座6层
邮　　编：100088
网　　址：www.cicc.org.cn　www.thatsbooks.com
电　　话：010-82005927，010-82007837
印　　刷：北京画中画印刷有限公司
开　　本：710×1000　1/16
印　　张：11.75
字　　数：170千字
印　　次：2018年10月第1版第1次印刷
书　　号：ISBN 978-7-5085-3598-2
定　　价：48.00元

引 言

小说里的故事是真实发生过的,在 1978—1979 年。有一天,我偶然发现了一摞用优雅的蓝色墨水书写的信件,是麦尔胡姆写给艾斯玛的,内容十分丰富。尽管那些信件如今已经遗失,但它却在我的脑海里久久挥之不去。于是,便有了这部小说。

目录

第一章 / 1

第二章 / 6

第三章 / 12

第四章 / 28

第五章 / 38

第六章 / 46

第七章 / 55

第八章 / 63

第九章 / 70

第十章 / 80

第十一章 / 92

第十二章 / 103

第十三章 / 118

第十四章 / 131

第十五章 / 135

第十六章 / 141

第十七章 / 156

第十八章 / 165

第十九章 / 171

第二十章 / 179

从前，有一个痴情人
他深深地爱恋着太阳
太阳升起，他去追逐
太阳下山，他为之哭泣
他呼喊着，希望她再次升起
人们都问他为什么对太阳那么痴心
他却拿起长矛，刺向自己的胸膛
太阳升起时，那漫天飘洒的不是雨水
而是太阳的眼泪
她在为自己的痴情人哭泣

第一章

艾斯玛，你是绚丽的霞光，
是娇艳的花朵，
是洁白的云彩，
本应去灌溉清泉，却浇碎了心扉。

我叫麦尔胡姆，当然，这不是真名，它是生命即将结束之时，灾难赐予我的，我也就安然接受了它。

我写给你的信非同寻常，虽然我很清楚它们永远不会寄到你的手中，但我还是写了，我之所以把它称为《366封信》，是借以表达我深爱着你的这苦苦追寻的一年、痛苦的一年、病态的一年；表达这个从一开始就毫无希望的爱情：毫无希望地延续着，却永无尽头。

我希望这些信既能在你的内心掀起波澜，又能让你感觉到我的热情与坦诚。在信中，你会依稀感受到我所生活的这座海滨城市，正是它，庇护着你我，包容着这里的一切。

信中所述的事件并不完全如我生活中所发生的那样井井有条，我进行了很多调整、删减，也添加了几段当初没写的内容。

我钟爱蓝色墨水，哪怕只是在家门上胡乱涂鸦，或是在公交车上写一句毫无意义的话，我都会使用它，这封信也是如此。我收集了很多瓶不同牌子的蓝色墨水，我能感受到它赋予我的力量，尽管这些文字或许永远不会被你看到，但我还是要把它写出来。

我并未感觉自己涉入险境，身处荆棘而无法自拔，恰恰相反，我乐此不疲，我想要用它来磨砺我原本平淡乏味、无异于常人的普通生活。哪怕是已穿上悲剧的鞋子，踏入痛苦的边缘，我也不会有丝毫抱怨。

那一天，令人终生难忘的那一天，我生平第一次尝到了爱情欲望所带来的亢奋滋味。

那感觉真实剧烈而且难以抗拒，与青春期男孩的冲动完全不同。他们也许瞥见一个偶然路过的女孩，便跑上前去冲她胡言乱语一通、起哄发笑，或是说一些虚假露骨的情话，最后不过是让她成为自己春梦里的一个影像而已，然后再遇到其他人，重复同样的行为。可以想象，他们那羸弱的身体已经大汗淋漓，尽管并未心跳加速，但其危险性可想而知。也许并不是他们难以启齿，只是还不懂到底发生了什么，而之于我，这种死一般的折磨，在它出现之时，让我措手不及。

艾斯玛啊，生命中的任何时刻，我都不是一个爱做梦的人，也不是一个能把情书写得天花乱坠、让爱人云里雾里找不到东南西北的人，更不是坐在大街的长椅上，鬼鬼祟祟地偷窥女人，嗅着她身上散发出的阵阵香气，她转过头，便假装左顾右盼，她笑就跟着笑的那种人。我很少像其他人一样在购物旺季去市场，只是冷静地注视着拥挤的人群，甚至在我青春躁动的年纪时，母亲让我去一位年轻漂亮的女邻居那借一勺糖、一捧咖啡豆或其他杂七杂八的东西，看见她的头巾滑落或是含笑微张的双唇时，我都会强烈抑制着自己不去看那曼妙的身姿，抵抗那巨大的诱惑，所以我常低着头去，又低着头回来，其实我已经真切地闻到了她身上的香水味道。

我承认自己在年少不经事时，尝尽了生活的个中滋味：我曾在城南肮脏的萨哈利吉区①的妓女家门前徘徊，还结识了那里的一些居民，其中有埃塞俄比亚女人祖户尔，她在那里被称作"黑夜公主"；还有马哈卜白，她以朝觐②过几次为荣，正如其他圣洁的人所做的那样，她也把虔诚的朝觐、获赎的罪过和荣耀的回归写在自家的大门上；我还认识一个小有名气的混血儿巴卡尔·努·莱伊穆，一个当地女人和一个途经那里的中国水手发生关系后，于五十年代末期生下了他，后来他的母亲死于肺结核，那时他已经长大，也有了能够维持生计的一技之长。

但是，艾斯玛啊，正如我最初对你说的那样，我并不是一个一意孤行的人，也不是一个随便开始一场恋情的风流之人，他们总是说着一些言不由衷、不着边际的话，但我却是一个不折不扣的痴情人，受控于被爱之人，她没有经过我的允许就闯进了我的世界，并不再离开，我非常清楚，恰恰是自己，亲手把爱的出口紧紧锁牢，却把钥匙丢到了谁也找不到的地方。

---

① 萨哈利吉区，本小说中出现频率较高的一个相对混乱的街区。
② 朝觐，伊斯兰教为信徒所规定的必须遵守的基本制度之一，每一位有经济实力和体力的成年穆斯林都负有赴麦加朝拜的宗教义务。所有穆斯林，无论男女，都会尽最大努力争取一生至少要前往麦加朝觐一次。

渐渐地，我长大成人了，从高等教育学院毕业后，成为一所中学的化学老师，我的生活中充斥着酸碱性液体、金属排列、分解方程式和分子构成的一些法则，"情人""爱人"这样的字眼遗憾地在我的生活中消失了。我的学生大部分顽劣、自我，常让我暴跳如雷：他们用化学液体把我仅有的几件衬衫和裤子都给烧坏了；我和同事们也仅在上班时间维持着普通关系，除非是在特别必要之时，我才会踏进他们的家门，而他们也只在我母亲去世时来过我家里。没有人与我亲近，我自己也不会过多地接近别人，只有坐在我办公桌对面的沙姆斯·欧莱除外，他与我同在一个部门，被称为化学天才，他也确实配得上这个名号。艾斯玛啊，你知道吗，在我见到你以前，我的母亲是我认识的唯一一个女人。

说说我最要好的同事吧。沙姆斯·欧莱是一个三十出头的青年人，他身材瘦削、头发浓密、行为总有些古怪（这个问题我会在下文跟你详述）。他无论对学生还是同事都特别有一手。他比我早一年陷入了一段疯狂的恋爱当中，爱上了城里一位身世显赫的姑娘，偷偷地使出浑身解数去追求她。而现在轮到我堕入爱情之河，而且来势凶猛，对你的爱我无从选择，只能任其摆布：它撩拨我的心弦，让我在爱情泥潭中跌跌撞撞，一夜之间就彻底变成一个行为怪异的"乞丐"，享受着残羹冷炙却依然乐此不疲。

当然，城里几乎各个地方都有我的亲戚，偶尔我会去他们家里做客；还有一些邻居，有热心肠的也有坏心眼儿的，等我提到他们的时候，你就会逐一认识。我有自己的生活轨迹：通常行走的几条街道，平日里常去的咖啡厅；偶尔也会头疼感冒，也会在足球场上大声呐喊加油，还有那些或痛苦或快乐或平淡的回忆。但是后来我所经历的事情与之前的生活截然不同，我难以名状，甚至对你——这个当事人也说不清楚。

你出现在婚礼上，像是透明的幻影，没有过多梳妆，然后离去，留给我的是无尽的伤痛，它将伴着我，直到生命的最后一刻。

第二章

艾斯玛啊,你肯定不记得我第一次遇见你是在哪里,因为你根本不知道我见过你,可我却深陷其中无法自拔,犹自疯狂地把你当成朋友,凭借强烈的直觉尽我所能地去了解关于你的信息,有些细节恐怕连你自己都不知道,我一门心思研究你,对你的事情如数家珍。你一定不会相信,几个月以来,我曾与你近在咫尺,在你可能生病的时刻,在你春风得意、光彩夺目的时刻,在你心怀不满、傲娇万分的时刻,以及我能想象得到的所有专属于你的时刻。我默默地承受折磨,甚至有点享受这样的折磨,我称此为"艾斯玛的迷香",我将它制成各种味道,轻轻洒在我的心扉,随着时光的流逝,它变成了我最爱的、独一无二的香气,全世界都能嗅到它,除了你。尽管我的痴情从一开始就是没有希望的,但我心甘情愿,即便痛彻心扉,忍受折磨,我也不会让它在我心里熄灭。

那是一个周四的晚上,如你所知,在我们国家,人们最乐于在周四晚上举办婚礼,地点是在市中心靠近海边的一个古老的贵族俱乐部里，人们将其称为"塔莱雅尼俱乐部"，我并不知道这个名字由来的典故，听说是以一个殖民者的名字命名的，但在我去过的几次里，从未见过塔莱雅尼，或者像他的人，也从未见过外国人出入这里。这里原是废弃的网球、手球和篮球场地，四周是干枯的椰枣树和火红色的花束，门窗装饰的风格，工作人员统一的服饰，都表明这里曾是西方人在我国众多活动中心中的一个，现在古老的韵味已不复存在，取而代之的是浓厚的本土气息，并披上了独具特色的外衣，所以我的亲戚阿卜杜·卡德尔·阿里，虽然他只是一个在国家银行上班的普通职员，和家人住在城市一隅的平民区中，也能租得起这个古老的俱乐部，举办婚礼。

我极不愿意参加锣鼓喧天、哄哄闹闹的婚礼，我认为对婚礼大操大办这件事特别愚蠢，其实完全应该尽可能地简化，在小家内部操办就可以了，省去奢华、喧闹，只邀请一些有关的人参加，比如新郎新娘的亲朋、邻居。但是现在的社会已经不再是我想象的年代了。我不得不去参加一些熟人的婚礼。阿卜杜·卡德尔是我的近亲，所以就更是非去不可，而且还要一直熬到婚礼结束。

我个人认为我是穿戴得体地出席了婚礼。在平时的生活中，我的确不太擅长打扮自己，今天的穿着算是精心挑选的，同时又不失教师身份，即使某个学生在婚礼上碰见我，也不会觉得我的打扮和上课时或在化学实验室里有多大的不同：衬衣是没有条纹的纯白色的，裤子是浅蓝色的，喷着市场上最普通的香水，应该是马克西香水，或者贾科莫香水，抑或文叔曼香水，我有些记不清了。我无法做到让自己看起来是兴高采烈的样子，因为我面部僵硬，满是皱纹——这是我从家族中唯一遗传下来的东西。

舞台已经布置好，就是按照国内大众流行的婚礼舞台布置的样式：红玫瑰、黄玫瑰、紫玫瑰遍布各处，彩虹色镁光灯柔和地四处照着，红色天鹅绒地毯平铺在地上，舞台一角摆放着两把椅子，同样铺着红色天鹅绒，一对新人端坐在上面，对面则分列着几百把塑料椅子。婚礼现场挤满了人，香水味四溢，到处都是欢笑声、孩子的叫喊声，还有一支由几个二十岁的青年组成的"火焰乐队"。他们身穿黑衣、留着长发，弹奏着各种乐器，一个声音清脆的歌手正在高歌：

　　黑夜催生思念之情
　　你的面庞在思念中闪亮
　　清晨是我绝望的泪滴
　　漫漫长夜里别再思念
　　微微清晨中别再迷茫
　　希望如旭日东升
　　让往事随风去吧

我在台下等着，直到这首令人开心的歌曲唱完后，按照惯例，我和一些亲戚向新郎新娘表示祝贺，祝愿他们新婚幸福。我擦了擦脸上淌下的汗水，坐在一把椅子上，只等天一擦黑，就逃回家，逃回到一直以来只属于我一个人的世界。但是，艾斯玛啊，你就这样出现了，我甚至不知道你是何时出现、怎样出现的。你的突然出现，犹如一个橡皮擦，拭去了一直以来我对女人的冷漠，又如一颗石子，只一下，便打破了我内心多年的平静，将我那种久违的男孩般的热血沸腾和青春疯狂又召唤回来，蛮横地令它停驻在身体里。

你在我面前是那么完美，优雅曼妙：迷人的香气、如丝般的秀发、无尽的魅力。这一切都令我神魂颠倒，你像是从歌手引吭高歌的希望中走来，歌中吟唱的旭日东升得到印证；又像是从演奏家的鼓声、吉他声所混成的动听和弦而来；又像从女人们的欢声笑语中走来。是的，你才是我盛装出席这个盛大场合的原因。

事实上，我真不知道该用什么样的辞藻描述你，我只给那些调皮捣蛋的学生们讲过苯环、氯化钠、钾，而在这一刻，我迫切需要另一个老师——一个来自魔法学校的美学老师来为我描述你。

你一袭黑袍，上面有红色的刺绣，设计师本来可以绣上美丽的花，但又明智地将其取消，是的，你如花的身体上根本不需要其他花朵的装饰；他也可能想过播种繁星点点，用来装饰这件黑袍，但最终改了主意，是的，你这颗璀璨的星早已将黑夜照亮；你的脸庞未施粉黛却美丽自然，长发垂到肩头，还有令我神魂颠倒的香水，它的香味与市面上司空见惯的味道截然不同。

按照原计划，我会回到座位上等到夜幕降临，然后打道回府，但你的出现将计划全部打乱。起初，我小心翼翼地端详着你，甚至有那么一刻，我觉得自己在偷偷窥视，但是，这种小心翼翼很快消失了，当你和我近在咫尺时，我不再谨慎，开始肆无忌惮地注视着你，想猎取到你的一切。

我想那一刻你并未注意到我，其实，在这份爱情走进我心里的任何时刻，你都未曾注意到过，因此你无法感同身受。当时，即便你看到了我，可能你也会认为面前瑟瑟发抖的人肯定是得了疟疾而发烧，需要急救。事实上我的心的确已被点燃，需要你的救治，我真希望自己得了疟疾①，甚至已经生命垂危，至少在我失去意识之前，还能得到你的关心，哪怕只是一句爱的问候。

我看见你登上色彩斑斓的舞台，伸出锦缎般嫩滑的手向新郎、新娘表示祝贺，然后离开。火焰乐队重新用歌声点爆现场，另一位歌手上台，他显得更不羁，声音更高亢，你又上台随着音乐跳了一支慢舞，就下来了。我跟在你身后，神情恍惚地观察着你的步态。你在一群相熟的人旁边坐下，而我的眼睛仍然直勾勾地紧盯着你。我想听你聊天，但因为太远，听不清你在讲什么。我努力地捕捉你灿烂的笑容，旁若无人地看着你的双唇启启合合，和友人寒暄。就在此时，一个讨厌的学生突然间闯进我好像已经停止的世界，喊了一声"老师"，我极不情愿地被带回了化学实验课上，装出一副严师的模样去应付他。等他走后，我重新找寻，你却消失了，塔莱雅尼俱乐部的任何一个地方都不见了你的踪影：不在舞台上，也不在椅子上，不在女人们扎堆的地方……我像疯了一样，在身着各式各样衣服的女人中间找寻你。

艾斯玛啊，你离开了，就这样走了，没有留下你的住址，没

---

① 疟疾是经蚊虫叮咬或输入带疟原虫者的血液而感染疟原虫所引起的虫媒传染病。本病主要表现为周期性规律发作，全身发冷、发热、多汗，长期多次发作后，可引起贫血和脾肿大。——译者

有留下约会的地点，没有留下关于你的任何信息，这让一个对你一见钟情的痴情人如何度过余生？

第三章

在这样一个非同寻常的周四夜晚,失落的我费了好大力气才拦到一辆破旧的出租车,想回到位于平民区的家。司机醉醺醺的,身上散发出酒馆里那种浓烈刺鼻的气味,汽车里的旧收音机,播放着那段日子非常流行的音乐,他跟着音乐左右摇摆。他称我为"幸运老弟",也许只有他自己才知道为什么这么称呼我,他用微醉的声音在我耳边絮絮叨叨:他本该成为城里出租车司机协会主席,然而同行们却因为忌妒不推荐他。他非让我在街区里一处被茂密的牧豆树林包围着的地方下车,那里很是荒凉,即便我要付给他几倍的车钱,他还是不同意把车再往前开一点,我没有办法,只好步行走完剩下的路程。我警觉地左顾右盼,越是在害怕时,偏偏就越想到了疯人"沙莱勒",他是城里家喻户晓的人物,据说有天晚上,一个长着狐狸脸、赤身裸体的女孩从浅浅的牧豆树林里钻出来,请求沙莱勒教她跳芭蕾舞。

艾斯玛啊,你一定听说过沙莱勒,他的父母不是本地人,也没有亲戚在这儿,甚至也未曾来过这里,只是某天有人偶然看见他在路上步履蹒跚，就把他当成了芭蕾舞者。

艾斯玛啊，我一般称自己居住的街区为"痛苦之殇"，它是执政当局五十年代末建造的，并把它分给劳动人民，每套房子都有两个小房间、一个小院子，没有什么特点，也没有为日后留下翻修设计的机会。我的父亲是铁路工人，当他分到这套房子时，兴奋不已，在他快退休时，当局发出公告，宣布房子所有权归公民个人所有。自从十多年前我母亲去世、我哥哥布哈里消失以后，这个房子就只有我一个人了。我哥哥曾是城里一家著名影楼的摄影师，后来秘密加入了阿拉伯社会主义复兴党①，我对这件事并不知晓，直到七年前，当安全局大规模地逮捕左派分子时，他就突然消失了，自那以后再也没有在本市或者是这个国家的任何其他城市露过面。我记得当时他匆忙拿了一个破提包，装了几件衣服，还有太阳镜、牙刷、一些签过字和盖过章的文件，就不告而别了，他的形象在我的脑海中一直挥之不去，虽然已经过去好几年了。

在那些日子里，我第一次明白了什么叫作恐惧，那是致命的恐惧，不是因为我哥哥的失踪，也不是因为当局对他宣称活要见人死要见尸的追捕，而是因为我被抓进了安全局里，从此陷入一系列的调查、抗辩以及下三烂的计谋之中。负责调查的人根本不相信我只是一个无父无母、从没参与过任何政治运动

---

① 阿拉伯复兴社会党（英文：Arab Socialist Renaissance Party；Ba'th Party），即阿拉伯社会主义复兴党，简称复兴党，本是创建于叙利亚的一个社会主义政党，该党创始人是米歇尔·阿弗拉克和萨拉赫·丁·比塔尔。1953年由阿拉伯复兴党和阿拉伯社会党合并而成。1961年阿拉伯社会党退出，名称未变。总部设在大马士革，在伊拉克等阿拉伯国家建立了地区机构。——译者

的教师，而我只知道阿拉伯社会主义复兴党是一个声名狼藉的政党，我也相信哥哥对复兴运动也只是一知半解，我多么希望它的思想不要渗入我的家族中来，但遗憾的是，它确实渗入进来了。后来我从那个黑暗廊道中走出的时候，我深吸了一口气，没有咳嗽、呕吐感，也没有了恐惧。整整一个月后，我才恢复正常，再一次以沉着稳重的教师形象出现在化学课的讲台上。

我所居住的街区，家家相邻，户型相似，所以各家各户好像藏不住什么秘密，甚至连某家石头缝里的蚂蚁都自然而然地知道街区里的一切。在平民区建立后的漫长岁月里，出了几位大有名头的人物，比如那个妓女"纳吉玛"，她只风光了两年而已，后来就不明不白地死掉了；还有那个总在镁光灯下出现的闪亮明星球员"达尔什"；当然还有塔莱哈·利德瓦，他年轻时做货币兑换的生意，后来搬出街区，成了政府里一位规划部部长，那里的大部分部长都活跃在货币兑换领域。

当我回到平民区时，那里已是一片漆黑，从不见人影的茂密牧豆树林走到街区，就像是进到一个隐藏着成群精灵的巢穴，我虽仍有些害怕，但那种仓皇的样子确实不像教师该有的行为，于是我放慢了脚步。

艾斯玛，你可能不会相信，我在半路上就想到了你，好像已经把你拥入怀中，这给了我极大的力量，所以我才能无所畏惧、毫不犹豫地昂首踏步，你就像是我同路的伙伴，与我约定，一起前行，直到最后。

我有一个近邻"法鲁格"，他在一家大医院做护工，从我们相识起，他就有一个绰号"法鲁格·哥伦布"，我并不知道这绰号的来由。他家里经常举办所谓的"生活大讲堂",每个晚上,我们街区和附近平民区的一些忠实听众都会聚集在那里,听他讲述稀奇古怪的冒险故事,在我看来,那些都是他凭空捏造的,不过是他高亢的声音描述得绘声绘色罢了;我的另一个邻居"哈雷姆",他曾经是名水手,两年前便不干了,那没什么可大惊小怪的,因为在我们平民区里,已没有人能像父辈们那样持之以恒、艰苦奋斗了;至于其他邻居们,也没什么可介绍的了,他们要么悄无声息,要么偶尔开怀大笑,或是窃窃私语。

我回到家里,屋内漆黑一片,尽管那晚没有停电,我还是没有开灯,因为即便是在夜里,我也能摸黑进出,轻车熟路地上厕所、煮饭洗衣、使用旧煤熨斗熨衣服。

艾斯玛,这一切都不是我有意锻炼出来的,而是因为在偏远地区,断电已经成为常态。这里的电,永远没人知道它什么时候停,又什么时候来,就这样反反复复,所以在平民区和其他一些类似的街区里,大家都可以习以为常地摸黑玩纸牌、多米诺骨牌,甚至是摸黑赛跑、踢足球,还会有很多人为他们助威加油。这里有个调皮的孩子名叫赫塔布,父亲曾在公职机关里做木匠。赫塔布编创了一种特殊的舞蹈叫作"光明之舞",每当停了很久的电再来时,居民们就跳起这支舞来庆祝,但非常遗憾的是,电也不给力,一停就很难再来,所以他的那支舞总是很少有人跳起。

艾斯玛,我猜想你从未来过平民区,也未曾从这里经过,你所在的街区,应该建筑豪华、装饰讲究、街道整齐。我敢肯定地告诉你,那里的居民一定不知道在这城市里还有一处凌乱破败、不堪入目的街区,这里的人们被划为平民百姓,没有人征求他们的意见，不管他们是否接受这一说法。有一天，我们在法鲁格·哥伦布的带领下一起去见货币商，就是那位我提起过的、从我们街区走出去的部长大人塔莱哈·利德瓦，他曾让我们所有人引以为傲，但此次他只是在我们街区做短暂停留，可他已不适应。平民区人粗糙的面孔、刺鼻的体味、破烂的衣衫、廉价的香水，这些都令部长大人极其反感，哥伦布更是固执地在他面前滔滔不绝地做着自己的发言，我们几乎弄得他步步倒退。事实上，那低级、粗野的话语已经使他退后了好几步，而人群中的一个男孩一直在反复地高声喊着：

"我的父母官啊，部长大人，我母亲总说，你曾向我姑姑埃穆娜·欧德·赛德求婚，但她拒绝了你。"

"埃穆娜？……埃穆娜是谁？"

当时他的情绪已经很差了，嘴里嘀咕着："什么埃穆娜？……"

可那个男孩依旧不依不饶，全然不顾部长大人的心情："就是我的姑姑啊！"

尽管对于部长大人而言，那些话令他反感，但男孩说的却是事实：那个姑姑多年前已经嫁给别人，搬至他市，再无音信，而事情却已经深深地刻在他的记忆中，无法挥之而去。今天，这个男孩向优雅的、监管整个城市的部长提出这样一件事，并且是在一个短暂的公开拜访过程中，实在是太不合时宜了。结果可想而知：那天，我们都被赶了出来，长期困扰我们的停电问题没有得到解决，哥伦布那滔滔不绝的演讲也付诸东流，平民百姓的骄傲消失不见了，一同消失的，还有他们喷洒的香水、广大代表们的梦想以及部长大人原本计划的平民区晚餐……

艾斯玛，一片漆黑之中，我撞到了房屋中间的桌子，还摔了一跤，这张桌子在那儿放好几年了，以前我从未撞到过它。我跌倒在小客厅的地上，紧接着是一阵噼啪声，这是从未发生过的事情。我闻到了尘土和血腥的味道，还听到碎裂的声音，是玻璃碎了？骨头断了？还是神经崩溃了？……我艰难地爬起来，打开灯，还好，我的身体完好无损，只是额头擦破了点儿皮，地上也没有什么东西打碎的痕迹。

那一刻我彻底明白了，其实根本没有什么东西碎了，我真真切切听见的不是别的，正是我心碎的声音，从见你的第一眼起，我就再也无法把你忘掉。

对面墙上，挂着我母亲的遗像，尽管上面落了些许灰尘，但我能感觉到她一直注视着我。相框下面空空的，结了蜘蛛网，这里曾放着哥哥布哈里帅气的工作照片，当安全局的人来我家时把它拿掉了，虽然我费尽口舌，仍没法阻止他们把照片拿走，直到现在我还清楚地记得他们的话：绝不要再提此事了！

还算幸运的是，我们的母亲没有被界定为"罪犯的母亲"，所以，她老人家的照片还可以挂在那里，而她就这样继续注视着他儿子身上发生的一切。

现在我该做什么呢？

我在日常生活中经常遇到一些问题：要回答世界上难以解释的问题，或是解爱耍小聪明的学生从大学生作业本那儿抄来的复杂的化学方程式，答不出来的话，我便会在学生面前出丑。而现在的问题是我所有的感官都出现了问题：艾斯玛，我的视觉,它怎样能再去看除你以外的其他面孔?我的嗅觉,它如何能再去闻除你香水以外的其他香气?我的触觉,它怎样才能去触碰和感知未经你确认的那些情话?我的听觉,怎样才能回归普通人的状态,混到哥伦布和平民区其他人的迷信当中去?或者严厉地面对课堂上的蠢问题?我的味觉,要怎样才能做到不自大、不狂妄地去品尝爱上它最开始的那一切?

某一刻,我站在母亲的遗像前,她从相框里注视着我,我感到身体莫名地战抖。是啊,我还不认识你,跟你只是在那个普通婚礼中有了一面之缘。曾经我从未如此卑微、低贱地对待男女之事,爱上一个人,怎至于这样?那一刻似乎持续了好久,我又一次问自己:艾斯玛是谁?她的本质怎样?她的品位如何?她有爱人了还是仍然单身?我可以爱她吗?

我在见到你的那晚就知道了你的名字,这并不奇怪,在我离开喧闹的婚礼晚会以前,恰巧听到有一个女孩询问穿黑袍带有星星图案衣服的艾斯玛走没走,我不确定她是你的姐妹,还是你的朋友,但我能确定的是,从那一刻起,我便疯狂地爱上了这个名字和它的主人。

片刻之间,我的思绪又疯了似的回到婚宴之上,回到事情的起点,我真不知道,那个疯狂的夜晚对我来说,究竟是生命之始,还是死亡之时。我记起在报纸上曾看到过的一位美国家庭男主人的新闻,他有着一个和谐、宽容的家庭,他每天早晨去上班,晚上会买一袋日用品带回家去。有一天,他像往常一样下班,但是买的却不是一袋必需品,而是一把手枪,他装上子弹,在街道上向人群开枪。

艾斯玛,你觉得他为什么会那样做?

我认为根本没有原因,那个男人可能生来就不是一个和平主义者,相反,他生来就是个刽子手,只是他认清自己的时候太迟了。

你认为呢,艾斯玛?……

一样的是,一直以来我觉得在对待女人的事上,我绝不是那种会施手段的人,是我太晚认清自己的本质了,可能我生来就是一个痴情人,才如此疯狂、偏执地爱上你这颗耀眼之星。

我只住家里的一个房间,从我懂事起我就住在那里,我哥哥布哈里在失踪以前都是和我同住,而母亲的房间,自她去世以后就一直锁着,我对里面的东西知之甚少,也从未试图去了解它。布哈里倒是在他失踪前的两年里经常去打扫、整理,并买了新家具布置母亲的房间,他本想一个人搬过去住,但不知什么原因,后来又把房间锁上了,钥匙交给了我,再后来我竟把钥匙弄丢了。

我的房间显得如此安静冷清,还有我的床,以前已经习惯了它的粗糙,可现在竟觉得它像石头一样坚硬。

我为什么如热锅上的蚂蚁一般浮躁?为什么会这样?……

遗憾的是,我没能找到答案,即使有了答案,也无法阻止对你的思念,当清晨第一缕曙光露出天际之时,我小睡了片刻,但睡梦中却夹杂着兵荒马乱的战争场面,睡得一点儿也不踏实。

早晨七点的时候,我睁开双眼,主麻日[①]相对安静一些,没

[①] 主麻日是伊斯兰教聚礼日,穆斯林于每周星期五下午在清真寺举行的宗教仪式。"主麻"一词系阿拉伯语"聚礼"的音译,其仪式包括礼拜、听念"呼图白"(教义演说词)和听讲"卧尔兹"(劝善讲演)等宗教仪式。——译者

有平常日子里街道上熙熙攘攘的声音，也没有人们匆忙地赶去城市各个角落上班的景象。

星期五对于我来说，通常是充满活力的美好一天，我会在这天打扫房间，把在平常日子里被折腾得不像样的房间收拾得一尘不染。我打扫卧室、狭小的客厅还有卫生间，我洗衣服，修理摇晃的桌子，系紧快要断掉的晾衣绳，反省一周来犯下的过错，然后去做礼拜①。傍晚，我会和我的同事沙姆斯·欧莱去钓鱼，他这个人性情有些古怪，之前我提起过：他爱上了一个出身名门望族的姑娘，一个人默默地努力想同她订婚。大多时候，我都是一个人在纸上重新"规划"这座城市，这个爱好已持续两年有余，它已经成为我业余生活中的重要部分。

你听说过这样的爱好吗，艾斯玛？

你以前有没有遇到过像我这样的呆子，在所谓的"城市规划"中，我要把全部平民区，也包括一直以来我居住的街区通通删掉，然后设计一个任何工程师都意想不到的与众不同的街区。

之所以这么做，是源于有一天我突然发现这个城市已经破败、凋零，它老迈的躯壳已近风烛残年，从此，我便开始在纸上重新规划、修正它，删除市中心那些拥挤不堪、死气沉沉的街区，就如同甩掉人体内的肿瘤君一样。当发现萨哈利吉区里充斥着醉汉、妓女还有毒贩子时，我立即用橡皮擦把它除掉，重新画上了一些漂亮的家，这样反反复复修改了十多次，我用手中的笔在那个地方画上了花园，添上了很多小鸟、鲜花和爱情树，而这样做是在我认识你以后。

---

① 这里指主麻日聚礼拜。——译者

认识你之前,我从未去过你们的街区——花园区,它一尘不染,几近完美,在我眼中,那里无疑是一个高档社区,而在认识你以后,尤其是我变成经常光顾那个地方的"流动居民"后,它在我眼里更平添了几分高贵,以后我会慢慢讲给你听。

有时,我觉得我不再是我:大脑混沌不清,精神也有些错乱。我应该去看看心理医生,或者精神医生,然后过上正常的生活。作为一个四十多岁的男人,我身上的那点儿毛病,随着时间的推移,在我看来也就无所谓什么毛病了。

八点钟左右,我仍然躺在床上,懒得起来。突然我听到了一声尖叫,似乎是从我的邻居法鲁格·哥伦布家里传出来的。

那绝不是什么严重的事,我很清楚,在平民区里,这再常见不过了,尤其是在星期五的早晨,我的邻居哥伦布从不踏实的睡眠中醒来,因为每晚他都要做很久的哥伦布式讲座,而另一个原因是毒品。大家都知道他吸食大麻,那些大麻一般都是从萨哈利吉区或其他类似街区弄来的。正因为如此,我并没有在意那声尖叫,况且时间尚早,我决定再睡个回笼觉。但是直觉却揪着我不放,今天哥伦布的叫声似乎与平常不太一样:当他想让妻子陪他玩纸牌时,通常会狠狠揪住他妻子的耳朵,不分轻重地打她,或者抓住她长长的辫子——他妻子从我第一次见到她就是这个发型,一直没变过——把她推倒在地上,他的声音不是这样的。那最后一声尖叫非常刺耳,就像是有人要将尖刀插在一具活生生的肉体上。我顿时清醒了,快步冲到街上,看见哥伦布身穿脏兮兮的内衣,躺在他家门前的空地上,科普特人[①]比尔太·拉吉正骑在他身上,这个人是街区的一个

---

① 科普特人,原指阿拉伯人对古埃及人的称呼,意为"埃及的基督

新居民，他是个铁匠，继承了他父亲位于工业区的作坊。他嘴里骂骂咧咧，叫嚷着要掐死哥伦布，而哥伦布的妻子穿着皱皱巴巴的家居棉服，双手使劲拽着自己的辫子拼命地叫喊着，过路人虽然不多，但也已经有人停下看着热闹，并七嘴八舌地议论起来。

哥伦布不是一个模范邻居，从他父亲那里继承家业后在街区居住下来，根据我的观察，可以断定他以后也绝不会成为模范。他就像一个罪恶老师，教出了不少叛逆少年，让他们幻想着过上他所描述的那种虚无、梦幻的生活，不仅如此，他还教唆那些孩子贩毒。此前，从未有人去警察局告发他，也不可能有人去告发，因为街区的人并不觉得自己的孩子有什么不妥，哪怕在旁人看来，他们已经无可救药了。而比尔太·拉吉是刚刚从别人手里买了我们街区的房子，搬来不久，对这儿也是人生地不熟，否则那天早晨，他也不会辱骂哥伦布，骑在他身上，想要把他掐死了。

无论如何，我是这个街区的老居民，俗话说"远亲不如近邻"，邻居之间发生了这样的事，我不可能袖手旁观。我扑向铁匠，抓住他的衣服，用力地把他推到一边，把我惊魂未定的邻居救了出来，事情这才结束。

其实，他俩之间的事跟我一毛钱关系都没有，我也不想去知道原因。过了一会儿，铁匠心情平复了，他没再说什么就走了，而一堆本想看热闹的过路人也无味地散去，我从他们的眼神里瞥见了掩饰不住的好奇。

以前也有几次这种情况发生，好奇心驱使着我去猜想事件

教徒"，指古埃及信仰基督教的民族。——译者

的真相。我总是对自己的猜测沾沾自喜，因为事情通常如我想象一样。我对星期五发生的事也猜得八九不离十：法鲁格·哥伦布肯定是招惹了比尔太唯一的妹妹——玛利亚·拉吉，因为那个女孩自打平民区建立就住在这里，是街区建立以来第一个白皮肤的女孩，而且她总是穿着裙子。

处理这件小事，让你暂时离开了我的视线，但马上我又陷入深深的思念之中。

中午，我在街区中心唯一的一座居民自建清真寺里做了礼拜。我很是彷徨，我回忆着一见钟情的爱情印记，它们来自我读过的书中的故事，来自听过的情人们所谈论的经历，来自老人民影院里放映的电影，我发现它们与我现在心烦意乱的情况非常吻合：神情呆滞、瑟瑟发抖、失眠，把梦境记在备忘录上。清真寺里伊玛目在演讲中多次提到的"末日与火狱""坟墓之痛苦"等词汇都未引起我的注意，但有一个词让我瞬间如梦初醒，那就是他在演说到一半时所提的"艾斯玛"三个字。我估计，他本意是指一些特定的表示"地点"和"时间"的名词的数量①，只是当时我心不在焉，只在脑海中记住了"艾斯玛"，我就是不希望这么圣洁的名字跟其他事物混为一谈……礼拜一结束，我就快速地从清真寺里出来，有个穆民②邀请我去他家共进午餐，我婉言谢绝了。像我们这样的街区有一个习俗：居民们即使一穷二白，按照宗教的义务要求也会邀请街区的单身汉去家里共进午餐，当然这通常只是说说而

---

① 在阿拉伯语中，"艾斯玛"是名词"名字、名称"的复数形式。——译者
② 穆民，阿拉伯语音译，意为"信仰者""归信者""信教者"。旧译为"慕门""慕民"等，亦意译为"信士"。——译者

已,邀请者和受邀请者都心知肚明,嘴里随声附和着,一会儿就忘记这茬儿了。

那一刻我正琢磨着一件事:不是要同沙姆斯·欧莱或者其他拥有闲情逸致的垂钓爱好者去海边钓鱼,也不是去为毫无生气、杂乱无章的城市做愚蠢的设计……有一次,我把"规划城市"这事儿同我认识的一个在公共事务局工作的建筑师说了,他倒没有笑话我,只是认为"你区区一个化学教师却去做测量员、建筑师应做的事"这件事十分愚蠢。没错,他说的都是事实,但他用"区区"这个词形容我,我觉得心里很是不爽,我认为他严重贬损了教师的地位。

我脑子里一直盘算的计划,其实是去登门造访阿卜杜·卡德尔一家,他们是我的亲戚,昨晚我就是在他的婚礼上遇见了你,今早他肯定是去哪个地方度蜜月了,这是各地新婚夫妇都有的习俗。我想看看婚礼的照片,要是我能找到有你的照片,就可以小心翼翼地打听打听,我不想在亲戚面前表现出过分激动、不知所措的样子,只是我很少去探望他们,自我母亲去世后,他们也没来看过我,应该是认为一个单身汉没什么好看望的。

艾斯玛,你知道吗,今天我真是太尴尬、太狼狈了,我很少出现这种情况。我都两年没去过他家了,今天我敲开了他家的门,站在阿卜杜·卡德尔的母亲和他的一个正值青春期的妹妹面前,打听与我毫不相干的照片,我从他妹妹的眼神里读出了不屑,以前从来没有人这样对待过我,她带着轻蔑的口吻对我说:

"我说老师,你想把婚礼照片带到化学课堂上吗?还是想把它当作施舍物分发给你们街区的穷人？……我们还没拿到照片呢，不知道什么时候会拿到。"

她瘦不拉几的，就那样皮笑肉不笑的，我觉得她根本就不会懂什么是爱。

她太胆大妄为，太缺乏教养了，艾斯玛，我只能说，对你的爱从一开始于我而言就是极其残忍的。我换乘了两辆公交车，每辆里面都挤满了可怜可憎的小市民，我犹如在一片泥淖里跌跌撞撞，衣服肯定变得脏兮兮的。亲戚妹妹的话让我感觉到狼狈，甚至有一丝受伤，但这些伤痛不但不会消失，反而在我体内不断燃烧，愈演愈烈。

我坐在回程的公交车上，绞尽脑汁地去回忆昨晚的那个摄影师。我记得整晚他都在给所有在场的人不停拍照，可是我实在想不起来摄影师是谁。城里那些做婚纱摄影的知名影楼在我脑海里像过电影一样一一呈现，我排除了价格昂贵的几家，因为那远远超出了阿卜杜·卡德尔的职位和口袋，再把那些价格过于低廉的也排除了，剩下的只有三家影楼，我要一一走访，我一定能够找到那个摄影师，带回我的梦寐以求的东西。

这种行为太荒唐了，艾斯玛，我深知这是一种鲁莽的行为，但是，如果你站在我的角度考虑，相信你会体谅我的。我现在已经顾不了那么多，我绝不会克制自己，也不允许别人来管我，除非我自己幡然醒悟，把与你相识当作一种罪过，但那是绝不会发生的事情。

麦莎威尔影楼，我哥哥布哈里失踪以前曾在那儿工作了好几年。幸运的是，它不在我要找的三家影楼之中，我没听说它做过婚礼摄影，要是我不得不去那儿，可就惨了，因为麦莎威尔的老板——希腊人萨米尔·巴哈索尔，我太了解他了，如果我去他那里打听和我没有任何干系的婚礼照片之事，他的大嘴巴肯定会广而告之，让全天下的人都知道这事儿。我还记得，当年，布哈里跑掉时，安全局勒令他关闭影楼参与调查，说那里是危害国家安全的据点，他便一股脑儿地指认了所有认识我哥的人，甚至连曾打听过布哈里，或者前来照相的顾客也没有放过。

我一直奔波到晚上七点钟，却一无所获，两手空空。在一家影楼里还偶遇了我的一个学生，他为了贴补家用，每周五都来这兼职做助理，负责剪裁照片、照片镶框等工作。你能想象得出，装成一个普通顾客照免冠照片，还佯称是为了办理护照，我当时尴尬极了，局促不安地坐在椅子上，之后，我迅速逃离了那里。在第二家影楼，我遇见了一个"男人婆"，她不修边幅，粗声粗气，拿着一把枣椰树叶编成的扫把扫来扫去，态度生硬地告诉我说她们店周五不营业，只打扫卫生和整理店铺。而第三家，则大门紧锁，门上贴着一张破损的告示，写着：店铺关闭，营业时间另行通知。

我回到街区时已经筋疲力尽，梦也碎了。看到我的同事、我唯一的朋友——沙姆斯·欧莱，正坐在我家门前的空地上，出乎意料的是，他并未拿着钓鱼竿。我一走近他，他就沮丧地说他的爱情遇到了麻烦：出身名门的姑娘直言不讳地说她不喜欢他的名字，要他改得洋气一点，她不能接受未来的孩子们的父亲用这样一个土气的名字，然而欧莱自己又无权改名，因为这是苏菲派①的名字,是他的部落传承下来、引以为傲的名字,如果改掉的话,家里会和他断绝关系,也会从此失去家族的庇护。

我差点儿笑出来,艾斯玛,如果不是当时我正处在深深的痛苦之中,我一定会大笑起来。我多么希望我的难题就只是要改掉了祖传的名字,来讨得你的欢心啊。唉,我的难题,沙姆斯·欧莱不会懂,其他人也不会懂。

---

① 苏菲派(al-Sufiyyah),伊斯兰神秘主义派别的总称。亦称苏菲神秘主义。"苏菲"(Sufi)一词系阿拉伯语音译,其词源有多种说法。一说是阿拉伯语"羊毛"的意思;一说源自阿拉伯语"赛法"(Safa),意为"心灵洁静、行为纯正";一说源自阿拉伯语"赛夫"(Saff),意为"在真主面前居于高品位和前列";另说,苏菲派因其品质和功修方式类似先知穆罕默德时代"苏法"(Suffah)清真寺里的凉棚下的人,故名。——译者

第四章

星期六。

这个工作日①是全新的一天,艾斯玛。

清晨,我努力地跟自己的内心抗争了好久,才回归到多少年来已经习惯但又想挣脱的正常生活当中,堵得要命的公交车上挤满了形形色色的人,充斥着各种气味,它像头老牛一样缓慢前行。我从位于城南的街区上车,一路站着,摇摇晃晃,历尽艰辛才到达位于城中心的学校。我没有一点儿上课的心思,更别提什么创新教学,让那些昏昏欲睡的学生把注意力重新集中到课堂上。用人哈姆宰穿着脏兮兮的衣服,将一杯混浊的劣质咖啡重重地搁在我桌子上,有一半都洒到地上,另一半则溢在了备课本之上。沙姆斯·欧莱就坐在我对面,他总是在不厌其烦地做着两件事:要么擦拭那双已经擦了十多遍的皮鞋,要么就是灵魂出窍般地陷入他并不完美的梦中——情有独钟爱着

---

① 一般阿拉伯国家一周的第一天是从周六开始的,同属闪米特民族和亚伯拉罕宗教传统的阿拉伯人吸收了星期的概念。不同的是,兴起于公元七世纪的伊斯兰教规定,星期五是穆斯林集体到清真寺做礼拜的主麻日。——译者

的姑娘，却偏偏逼他为爱改名。

　　昨天，没有找到照片，空手而归幻想破灭之时，我心中已没有半点激情，我不敢闭眼，怕这漆黑会将我吞没。我想让自己转移一下注意力，想起了那个"城市规划"的爱好。我设计了一个作品，但随后又把它撕碎丢弃。我想也许可以换一个角度去描绘这座城市，一种莫名的自信告诉我，我能够为这城市换上新装。

　　但那个夜晚，我发现自己的努力是徒劳的，我规划不了这座城市，改变不了它死一般的沉寂，然而我可以画出心中的你。在勾勒你容颜的过程中，我无须花费任何心思，因为你完美的样子已呈现在我想象当中，想到要将它画下来，我激动不已。在纸上规划、修正城市只是件简单的工作，不需要什么天赋，仅仅是画个正方形、去掉个长方形、填平坑洼之处，弥补一些不足，真的没什么复杂的，但是描摹爱人之美，就另当别论了。这个世界上，也只有那么少数几个大画家才能真正发现它。

　　我没有吃晚饭，确切地说，是一点食欲也没有，我端坐在客厅中间那张曾在黑夜中绊倒我的旧桌子旁，一切准备就绪：硬质的白纸、各种颜色的画笔。心中暗自琢磨："如果我能把你画出来，这绝对算得上是我这个所谓的'画家'的第一幅大作。"我从眼睛画起，一瞬间就把它画了出来，然后是双唇，接下去是鼻子，还有剩下的部分，我竟以惊人的速度，一下子就画完了。我端详着画板，突然大惊失色，犹如五雷轰顶。

　　艾斯玛，我心爱的人儿啊，那画中之人不是你，我连你那倾泻在双肩上的秀发都没有画出来，而画中的那张脸只是再普通不过的一张大众面孔,如果将这个画板放在街头展览,估计所有过路的人都会为此争执,争相说"这是我的脸""这是我的脸"。

我无比愤怒地把这幅画撕碎,扔在客厅地上,并气急败坏地用脚将它踩烂。当时应该是晚上九点,因为我的邻居哥伦布的"生活大讲堂"已经开始了。每晚不变的声音,滔滔不绝地演讲着,他已忘记,或是假装忘记了自己早晨险些死在强壮如牛的铁匠手里。

法鲁格·哥伦布就是这样一个人,他执迷不悟,或许只有突如其来的死亡会让他清醒。那天若不是我醒着,正在为一见钟情的你失眠,那一幕可能真会发生的,艾斯玛,是你救了他一命。两年来,每次他吸完大麻,都会偷偷地溜到拉沙伊德①部落的帐篷里去,这个部落住在城市附近,一些毒贩秘密地将毒品运到这个部落去,没人知道他们是怎么做到的,因为没有一条平坦的道路,或者交通工具通往那里。这些贝都因人②尽管住得离城市不远,但他们的语言跟城里人大相径庭,这也导致他们与城市文明格格不入,自他们从阿拉伯半岛迁居过来,当局一直视其为敌,说他们破坏国家经济,只要有机会就试图驱逐他们。

还有一件事,就在去年,哥伦布去法院为一个被强奸的孩子做证,刚巧萨哈利吉区的一个妓女因为一个案件也在法院,

---

① 阿拉伯部落的名字。——译者
② "贝都因"为阿拉伯语译音,贝都因人意为荒原上的游牧民、逐水草而居的人,是以民族部落为基本单位在沙漠旷野过游牧生活的阿拉伯人,主要分布在西亚和北非广阔的沙漠和荒原地带。——译者

她指认哥伦布是那个蒙面恶魔，在一个晚上潜入她家，用绳子把她绑起来，抢走了她的钱财，还打断了她的手，尽管没人把妓女的话当真，但那件事还是对他造成了很大的影响，差点儿让他丢掉了工作。

艾斯玛，你是怎么看哥伦布的呢？因为他是街区的居民，他是我的近邻，所以这种人才会出现在我给你的信中，热恋中的人在给他的爱人写信时，总是希望让对方知晓他身边发生的一切，甚至是夜里听到的蚊子的嗡嗡声都要写一写。

我把画撕掉了，因为它根本没有留下的价值，但我还是无法抑制住想画你的冲动，如果不把你画出来，我肯定又要熬过一个不眠之夜，我渴望画出一个青春洋溢的姑娘，她站在百花丛中，没有男友陪伴，因为我将是那个闯入她的世界陪在她身边的人，在她风华正茂之时，鲜花……鲜花……露珠……一滴……一滴……

明天早上，那个在照相馆兼职的学生会去学校上课，因为他只在每个周五打工；而男人婆的那个影楼也已经窗明几净，开门迎客了。我就可以偷偷地跑去，把我想要的东西带回来。

我必须问自己一个头疼的问题，一个让我伤心但又不得不问的问题：昨天，如果我在摄影师那儿找到了照片，而他却不允许我翻看，也不允许我拿走你的照片，该如何是好？如果摄影师问我是干什么的，或对我出言不逊，引来围观，该怎么办呢？

艾斯玛，我想不出对策……换作今天我也没有答案，我真不知道那样的话该怎么办。

凌晨一点钟，仍然无眠，夜晚的各种声音进入我的耳朵，起初是猫咪之间的厮打,而后又传来狗吠、蟋蟀的叫声、臭水沟里的蛙鸣,甚至还有窃贼的喘息声、为生活窘境所迫之人的叹息声,我想写点儿什么,并开了个头儿:

366 封信,那天晚上,我还没有这样命名这本书,因为我不知道自己这种状态会持续多久,也许只是一时冲动,随着时间的推移,一切都会烟消云散;也许它将变得根深蒂固,我虽沉沦其中无法自拔,但同时也会慢慢成熟;也许如我希望的那样,变成一段硕果累累的爱情,我用真实的情感去采摘它的果实。

我桌子的小抽屉里有一个黑色封皮的旧本子,里面夹着一沓纸,曾有一天,我把它拿了出来,想根据我的教学经验以及多年来对学生的观察,编写一本化学课的个人教案,然后把它上报到教务处,看能否通过,之前我的同事沙姆斯·欧莱那样做了,并且顺利通过。不过我在本子上连一个简单的开场白都没写下,就打消了这个念头:我只不过是一所中学里备受打压的教师而已,就算我是放射性镭之母居里夫人,那又能怎样呢?艾斯玛,我还用着蓝墨水,这再简单不过了,我喜欢它,它也是我唯一富有的东西,我习惯用它批改学生的作业,尽管校长反对我这样做,但我厌恶红色的墨水,它让我想到鲜血、屈辱、战争和各种难缠的问题,甚至会想到西班牙斗牛士,我在电视上看过他们被牛严重踩伤,尤其在我哥哥的案子中,我被操不同方言的人询问、盘查,他们把他称为"红色人士"。

我写下:艾斯玛……艾斯玛……艾斯玛……

然后停了下来。明天我将继续这个故事,后天完善它,大后天完成它,如果我还拥有明天、后天、大后天……

我估计有凌晨三点了吧。突然间我熬不住了，伏在桌子上，就什么也不知道了。

我坐在办公桌前，意识到早晨的课已经开始了，无论那些学生聪明与否，他们都在等着我呢。

躁动不安、极度茫然的化学天才沙姆斯·欧莱已经去上课了，我不清楚他是否决定为了爱情改掉自己的名字。桌上咖啡留下的污渍已经不在，那个脏兮兮的用人已来过，在我不注意的时候拿走了杯子。

现在的状态于我而言简直是种煎熬，更可怕的是到目前为止，我对它束手无策，如果就这样一直沉迷其中，未来将会发生什么呢？

我站在教室里，还没开始通过简单方程式讲解元素反应，以及可能产生有毒气体如一氧化碳等知识，在影楼打工的那位学生举手问道：

"老师……您什么时候去沙特？"

"沙特？……"

这个问题好奇怪，我从未想过会有人在课堂上这么问我，我马上就反应过来，昨天中午我跟他说过拍照是为了办护照。当时移民海湾国家是非常普遍的事，所以学生推测，化学老师是要跟风移民。确实，我的心已经飞了，只不过是飞到了艾斯玛那里，我差一点儿就对所有同学这样脱口而出，但还好，我及时控制住了自己。

九点到十点是早餐时间，一下课，学生们就吵闹着散开吃早餐去了，这个时候的我正在"昂泰拉兄弟"影楼前徘徊，就是那个穷学生每周五打工的地方。最后我还是硬着头皮进去了。

进店后，我见到了一个青年女职员，她昨天不在这里。这个女孩符合我对女人的认知，而这种认知也是我见你后才有的。她看上去是一个温柔、健谈的女人，身上散发着青春之美，可以让像我一样的痴情人为之倾倒。刚开始，我跟她说是来取昨天摄影师为我拍的照片，这位姑娘从装满了照片袋的橱柜里将它找到、取出，照片装在一个小小的袋子里，剪裁得参差不齐，在确认了照片上的人就是我后把它交给我。

姑娘啊，这并不是我真正的来意，我在心底疾呼，同时将照片揣进口袋，我兜着圈子试探她，还要把自己伪装得看起来不像个愚蠢的扒手或小偷。最后，我确认，她的确与麦莎威尔影楼老板希腊人萨米尔·巴哈索尔以及追查我哥哥的安全局人员戴尔有本质的不同，我鼓起勇气向她问道：

"周四晚上你们有没有在塔莱雅尼俱乐部拍摄一场新婚典礼？"

姑娘对我的问题非常在意，就好像我是在询问她母亲的健康状况，或者是恭喜她在那个没有任何前途的职位上加了薪水一样，温婉又略带歉意地说自己周三时生病了没有上班，她在身旁的抽屉里寻找了一番，又在外面的拍摄记录本上查看了一阵，她的右手在上下翻动，左手去拨开挡住眼睛的头发，几分钟以后，她终于回复道：

"是的，阿卜杜·卡德尔与赛勒麦的婚礼。"

阿卜杜·卡德尔的婚礼，我当然清楚，他是我的亲戚，但我并不认识赛勒麦，我突然发现自己参加了婚礼却不知道新娘是谁，真是可笑，于是更加确信，我参加婚礼就是为你而去的啊，艾斯玛，原来我穿戴那么优雅得体，冥冥之中是为在这一盛大场合与你相会。

　　我的第二个问题就更难了，需要极大的勇气克服尴尬，才好意思说出口。可惜在这方面我并不是训练有素的，二十多分钟了，我的目光一直游走在影楼内玻璃架上并排摆放的照片和空空如也的相框上。我用眼睛的余光观察那位姑娘，她从面前的布包里拿出了指甲刀，修剪了左手两个较长的指甲，并涂上了棕色指甲油，她把手指放到唇边快速地吹了几下，之后拿起电话听筒但并没有进行通话就又把它放回原位。这时，一个穿着长袍、缠头头巾、踏着虎皮鞋子的人进来，取了一个和我相似的照片袋儿就走了，他刚走出照相馆的门，马路上一个女人就扯着嗓门向他大声叫喊着："哎！叶哈亚！哎！叶哈亚……你这个狗娘养的……"而前一刻还温文尔雅的姑娘，此刻已有些烦躁，也许是她觉得某个顾客在店里待了太长时间，也许是我所不知道的其他原因……我在架子上随便选了一个木质金边相框，把它拿到姑娘面前，强装镇定地对她说：

　　"打扰……我家里有张照片需要一个相框，我想选一个……"

　　她的表情恢复了先前的友好和善，就像什么事也没发生过一样。

　　"刚才我向你打听的婚礼照片还在你们这儿吗？"

　　"很抱歉，今天早晨新郎家里的人已经把它取走了。"

　　她一边近乎冷漠地回答，一边把我随意拿的相框放进一个白色的大塑料袋里，那上面印着影楼的名字、地址和电话，然后递给我，并说道：

　　"谢谢您的光临，先生，再见。"

艾斯玛，你看到了吗？你看到我这个情痴正经历着什么吗？我爱上了一个遥不可及的幻影，爱上了一朵从未触碰过的花儿，而并不知道那是浓郁芬芳，还是累累荆棘。

女职员的例行公事刺痛了我，刺得我遍体鳞伤之后，极尽温柔地将我扫地出门，因为我不是一个能说会道的顾客，可以轻松地达到目的，然后离开；我也不是女孩所喜欢的那种酷酷的、擅长调情的男人，对这个女职员来说我什么都不是，正如我对你来说什么都不是一样。

照片在阿卜杜·卡德尔的家人那里，如果去那儿，我至少要换乘两次人满为患的小公交车，还要走过土路和臭水沟，除此之外还要面对并不欢迎我的卡德尔的母亲和妹妹——一个瘦弱的青春期女孩，我对她不抱有任何期待，她细长的眼睛里会露出鄙夷的目光，和你的双眸完全不一样。

早晨十点钟经历的事情对我而言，不亚于一场战役，我完全失败了，沮丧地逃回学校。那天，我再也没有心情重新回到课堂上，只好把课表里剩下的课程委托给其他同事代上，因为他们不是痴情人，也没有经历像我一样的打击。

我谎称自己突觉身体不适，事实上我根本不用撒谎，因为那天早晨，我确实病了。

我本该直面失望，孤单地回到家里，但我并没回去，原因很简单，我根本不想回去。昂泰拉兄弟影楼里我想要的照片，已经在对我没有一点儿好感的女人和时刻准备羞辱我的女孩手里了。那天要是我稍微去早一点儿的话，说不定现在我已经拿着照片开始欣赏了。

我的脑海中出现了那些多情帅气、油嘴滑舌的男子调戏商场、政府机关的女职员,达到目的后就打道回府的场景。这种做法虽有些不道德,但应该会非常有效,我敢肯定照相馆会保留每份照片副本,至少会留存底片,我曾多次在影楼里看见以前拍过的照片。既然这样,为什么我这样一个风流帅气的小伙儿不再去昂泰拉兄弟影楼试试运气,看看能不能再找到一套那场婚礼的照片?我笑了,但不知道等待我的是胜利的微笑,还是失意的苦笑。

第五章

艾斯玛,我饿得浑身无力,我发誓我真的饿了。

你是否能允许我暂时离开你的世界——优雅但距我千里之外的世界;你是否能允许我暂时放下这种爱的恐慌,或许这样的说法你闻所未闻。

那个周六,我的内心极度失落,却又似乎存有一丝希望,在这两者出奇的平衡之中,我出发去了位于海边的麦尔哈布快餐店,我的老朋友马哈丁习惯在那里就餐,这个人自幼外号叫"小德国",那是因为他酷爱德国的汽车、自行车、卡车,甚至纳粹分子、球星。他以前是一个翻译中心的负责人,还做过十多年的小说家,但是据我所知,迄今为止他没写过一部成功的小说。

我想你可能会问:"这个'小德国'是谁?为什么他如此特别?"我会跟你聊聊他,但我坚信你绝不会爱上他,并非因为他不会追女孩,或是与你的要求差距太大,而是因为我用我的痴情将你紧紧包围,我对你的爱恋已经筑成了一道铜墙铁壁,顽强地抵制着任何可能会奔向你的企图。

"小德国"是一个帅气的闷骚男人，虽然不是我们街区的居民，但从小我俩便认识，我依稀记得我俩第一次见面好像是在街区足球对抗赛中，也可能是在偶尔会举办一次的学生运动会中。在他去一直向往的德国学医之前，我们经常见面。几年之后，他没拿到任何文凭就回来了，成立了自己的翻译中心，并上了本地和一些城市报纸的新闻，报上称他是一位小说家，已经出版了十五部比较重要的作品，现在正专心写一部战争题材的小说，据说跟国家东部的历史神话有关。

但奇怪的是，他的作品很少有人问津，没有分析家分析他的作品，也没有评论家评论他的作品，至于那些他在各种场合提出来的选题，十之八九只是没有实质内容的空架子而已，因为历史神话这种题材，虽然久负盛名，也被广泛传颂，但更多还是限于电视剧制作的那个圈子里，"小德国"也多次提到，他的这部战争题材小说一经完成，就会通过大制作拍成一部电视连续剧。

我没有问过他的作品，也没向他索要过签名书，原因很简单，我并不是他的作品的忠实读者。

几个月前我偶然遇到他，他告诉我他把翻译中心关掉了，全身心投入写作当中。而现在，他正坐在海边的麦尔哈布快餐店，在拍打岸边礁石的海浪之中，在码头停泊的各式帆船之间，在享受日光浴的欧洲女游客身旁寻找着写作灵感，他与每一位邂逅的女游客都有一段故事，这增加了他的创作灵感和身体欲望的新花样。

艾斯玛，我想你是懂我的。

你肯定懂，我的意图是想让这个所谓帅气逼人、风流倜傥还有些闷骚忧郁的男人,这个没有作品的小说家,看在我俩友情的分上帮助我,拿到我想要的东西。

这个想法可能有些天真,但即便再不切实际的想法,我也要尝试,因为没有什么能够阻挡我要把你带来的决心。

或许,你会问我,为什么不去求助法鲁格·哥伦布来办这件事,他是我的邻居,我见他比见"小德国"或者其他人的次数多多了。是的,坦白跟你说吧,哥伦布连一个行将就木的老太太都勾引不来,他是一个身材枯瘦的老头儿,如果他离开自己的家庭讲堂去别的地方口若悬河地大讲特讲,估计一个听众都不会有。

正如我之前料想的那样,"小德国"就在麦尔哈布,身穿一件长袍,这是我第一次见他这样穿,他凝望着大海,似乎是在探寻深海里一件遗失的东西。

快餐店里的人稀稀落落,里面有两个看起来像东欧人的女游客,她们手里正把玩着本地黄珠子串成的项链;一个快乐的男青年,一直面带微笑;一个众所周知的扒手,来到这里匆匆地兜一圈后走开了;快餐店的老板正出神地盯着餐厅中央褪色的电视机,里面播放着埃及著名男演员主演的老片子——《马哈茂德·玛莱基》。我和"小德国"先是一阵简短的例行公事般的寒暄,那根本就不像老朋友间的问候,然后就迫不及待地直奔主题。我向他讲述了自己的故事,从在托莱雅尼那个婚礼夜晚巧遇开始,一直讲到我从昂泰拉兄弟影楼里铩羽而归。我甚至还清楚地记得婚礼上那位歌手反复演唱的"阳光之歌"以及当时吟诵的长诗,当然还有你那曼妙的舞姿以及在你的幻影陪伴下,我所走过的那段泥泞的路途,所有这一切,我通通都记得。

如我所料,"小德国"并未打断我,一直倾听着,呆呆地望着大海,我注意到他的胡子长得吓人,花白花白的,黄色念珠在他手里不停地转动。我并未意识到什么,或许这是他使用的一种新的引诱计策,用来诱惑那些愚蠢的女客上钩。当我大汗淋漓地诉说完一切,长吁一口气时,我突然发现我正把自己的秘密倾诉给一个好像没有知觉的人。他用极其微弱的声音叨咕着:"求真主为你指路,宽恕你……你走吧,请原谅我……走吧,朋友。"那声音根本不是一个引诱城市女孩的帅气男人发出来的,绝不是那种令她们一听到就会忘乎所以的声音。

眼前的一切让我大失所望,我原本以为这个风流倜傥的男人能够肩负使命去昂泰拉兄弟影楼帮我要一份婚礼上的照片,以他巧舌如簧的能力,搞定影楼的女职员也就是分分钟的事情。可是,艾斯玛,他这是怎么了,疯了吗?看见他的胡子那个样子,我感到很是疑惑,念珠在他的指间飞速地转动,也特别怪异,他那与大海对话的神情显得兴奋异常,重要的是他什么都没给我点,没有茶也没有咖啡,这与他以前待人接物的风格截然相反,更令我惊讶的是,他坐在那,面前还放着一张只字未写的白纸,他将我扫地出门就像扫掉地上肮脏的垃圾一样。

你发现了吗,恋爱中的人有多么的软弱无能?在夜晚,他们可能会显得坚强,似乎能承受一切,而到了白天,就像一个被掏空的皮囊,任由狂风肆虐,摇摇欲坠。

但我不信自己会如此懦弱、任人宰割,我也是曾培养出一些教师的人,他们现在已经在各地大学任教。就在上周四,我还在埋头做着一项最重要、最神圣的研究，而且当天晚上就出了一些成果，我为之兴奋了好久。

算了，都无所谓了，"小德国"的轻蔑态度我可以忍，就像忍受阿卜杜·卡德尔的妹妹哈兹莱的轻蔑一样，我会再想办法的。我听说恋爱的人们总能自己想出对策，只要我还爱着，我一定会有办法。

我心不在焉地乘出租车回家，不出所料，司机师傅又开始给我讲他有资格当选出租车司机协会主席，而同行们因为忌妒没有推选他任职，我看着他，觉得他也会像上次在托莱雅尼俱乐部载我的夜车司机那样，把我扔在可怕的树林附近然后走掉，但我错了，这稍胖且头发浓密的司机并没那么做。我心里有点儿好奇：这些司机挖空心思却因被人忌妒而没被推选的那个什么协会主席职位，到底是个啥样的肥差？

我也想担任一个比中学教师，甚至比学校校长、市教育局局长更加重要的职位，这个职位就是艾斯玛的爱人，我毛遂自荐，不想有任何人与我竞争，这并非是心存忌妒，而是只有我能胜任，我在寻找着通向那儿的大门，内心早已暗流涌动。

我不会对"小德国"突然的改变横加指责，他已经决定这么做，尽管他选择的时间点让我失望至极，但对此我无计可施。至少，他不再以写作为幌子，给我描述什么战争了，也不用再说他已经写的几部小说以及被译成了多少种语言的事儿了。

我也绝不会指责阿卜杜·卡德尔妹妹哈兹莱出言不逊，或许她也和我一样像个折翼的天使，我坚信她也曾喜欢过、爱过、受伤过，而现在只能这样麻木、绝望地活着。

这次，出租车司机直接把我送到家门口，一路上我都陷在自导自演的窘迫剧情里，不能自拔。哥伦布的老婆就站在她家门口，我刚刚注意到她怀孕了，肚子大得顶到了胸部，看着她还没怎么活动就开始气喘吁吁。实际上我还不知道她叫什么，连近邻的名字都不知道，这确实也够奇葩的了，我只知道她来自另一个城市，哥伦布娶她还不到一年，两个月前才把她带到我们街区，她差不多三十岁的样子，而哥伦布都已经五十五岁了。

这是她第一次跟我搭话，声音轻到了极致，我知道这不是她真正的声音：

"老师，有人给您做午饭吗？"

我不想回答她这个略显尖锐的问题，我本想不理会她，赶紧回到我自己的家，但面对一个女人的问话，那样做并不是我这样身份的人该有的行为，于是我回答说：

"我自己做。"

"那怎么行呢？……您怎么到现在还不结婚啊？"

这个问题更令我尴尬，我的女邻居啊，到现在我还从没问过她的名字，当她丈夫抓着她的头发厮打一团时也没提过她的名字，我暂时就把她叫作"阿芙拉"吧，我不知道为什么这么叫她，但在我看来这个名字太适合她了。按我以前和女人的关系，若是她上周四这么问我，一定会使我颜面扫地，我肯定会扭头就走，以后再也不见她。但是她的问题正好出现在我热恋的时间节点上，我有点措手不及，甚至那一刻，连我自己都不知道这样的一场恋爱什么时候、以什么方式结束，我从莽撞的铁匠手里救了她丈夫一命，我猜她是出于感激之情，想亲手做些饭菜以示感谢。我心里默默地说：

"谢谢你，阿芙拉，我自己会做饭，感谢对我已经不重要了，让我回家吧。"

我一边开门，一边说：

"我近期就要结婚……我已经订婚了。"

艾斯玛，原谅我向她说谎，说你已经同我订婚，我不了解你，而你更不认识我是谁，多少次我在脑海里拼命地回忆你的样子，猜测你的双手是否有已婚女人才会画的指甲花，但这太难了，我们毕竟只有一面之缘。

如我所料，就在那天中午两点钟，大多数人下班的时间，也是我平日回家的时间，法鲁格·哥伦布敲开了我家的门。他特别开心，嘴里嚼着口香糖，手里端着一个铝质盘子，上面还盖了一张锡纸，他将盘子递给我说这是他妻子做的豆子炒鸡，说我肯定会非常喜欢，还说他今天在自己的两个熟人和铁匠比尔太·拉吉的一个熟人的陪同下，去铁匠作坊拜访他了，铁匠为自己从别人那儿听到一些谣言而做出的无礼行为向哥伦布道歉，哥伦布还托他打几张新床，为临产的妻子组装一个衣柜。在临走前，哥伦布还跟我说要缩小家庭讲堂的规模，赶走那些认为从他这儿什么都没学到的人，说只想把讲堂向关注它的人开放。

我并没有向他提起周五早晨铁匠比尔太要杀他的事，如我讲的，我的直觉已帮我猜到了事情真相，我对他说：

"谢谢你，哥伦布，也代我向你妻子阿芙拉表示感谢。"

他看着我，不停地说：

"阿芙拉很尊敬您，她把您当作哥哥一样看待。"

他的妻子果然叫阿芙拉，太神奇了，艾斯玛，我从没发现我拥有这种超强的能力，我竟猜对了一个素不相识女人的名字。狂喜之下，我想要坐下来，在剩下的时间里臆想你，之后我会去验证关于你的信息猜测得是否正确。想到这儿，我喜出望外，把盘子放进屋里，转身去敲开了哥伦布家的门，我直接问他：

"上次的事情是不是与他的妹妹玛利亚有关？"

"是。"

说完他就把门关上了。

第六章

我不知道那天下午是什么风把"小德国"——那个没有小说的小说家,停业的翻译中心的负责人,现今是一名宗教极端分子——吹到我家来的。他从没有拜访我的习惯,我最后一次见到他是两个星期以前,那时我还天真愚蠢地仰慕他过去的名声,想让他用他的帅气潇洒去昂泰拉兄弟影楼骗出你的照片,当时令我大吃一惊的是,他好似变了一个人,不再是我认识的那个他了,我只能失望而归。

艾斯玛,我对你痴迷思念已经十七天了,十七个昼夜我如坐针毡,彻夜难眠。

一年一度的知识节来了,学生们精神饱满,衣着华丽,将各个场地也装饰一新,他们反复练习着有关爱国、爱学习的那一套虚假诗词。我现在怎么都写不出年度汇报来颂扬一下我的化学课程,而我曾经很习惯用现在正使用着的蓝色墨水去完成这份报告,并让一名同学在校庆的时候朗读。仍困于改名烦恼的沙姆斯·欧莱写的东西字迹潦草,根本体现不出他这个天才应有的水平。我们学校五十九岁的校长被提拔,出乎意料地被任命为教育部副部长,去首都任职。上头委派我管理学校事务直到新校长就任,这在很大程度上破坏了爱你的煎熬,深夜里我辗转反侧,难以入眠,推选我可真是个奇怪的选择,我从未想过他们会选我,也从未觉得我能胜任。

我的邻居法鲁格·哥伦布那几天和我走得越来越近,这不免让人有些疑虑。我从一生下来就是他的邻居,他以前可从未关注过我,当布哈里突然消失,我从阴暗的牢房里出来重新做回他的邻居时,一大群人相继来安慰我,陪我哭泣时,都没见过他的影子。我也敢肯定他的妻子,来自另一个城市的阿芙拉,直到现在也还没把他当成一个真正的丈夫,她莫名其妙地令我烦躁。

自此以后,哥伦布和他的女人老是黏着我,令我厌烦的是,这样我就没有时间去思念你、想象你了。每当我毫无睡意,一心想着用炙热的爱恋将你在我脑海里唤醒,让自己尽情地欣赏你的时候,这对满面堆着笑的贪婪夫妻就会出现在我家里。女人总是没有礼貌地打开我的柜子,根据她的喜好整理我的床铺,洗刷我吃完饭后堆在一起的脏盘子,弯着腰打扫我的卧室和狭小的客厅,做她认为我可能爱吃的饭菜,事实上我根本没吃多少。我注意到她总是气喘吁吁的样子,于是就劝她停下来,不要继续弄了,她也不听。她的丈夫,躺在我的枕头上,那上面渍有我多少天以来的泪痕和垂涎爱情时的口水痕迹。他用透明纸卷起烟丝,惬意地抽着,甚至是一只再平常不过的蚊子飞过他鼻尖,或者一只苍蝇粘在了墙角的蜘蛛网上,都能让他笑出眼泪,街上的呼喊吵闹、亲密交谈声,都会神奇地令他涨红脸,从靠垫上一跃而起,蹿出去,掺和其中。一到晚上,他就又开始他的"生活大讲堂",整个夜晚都充斥着他在毒品作用下飘忽响亮的声音。我多希望这个讲堂白天也开啊,这样,他就不会来我家了,我也能在不被搅扰的情况下开始我的幻想之旅了。

艾斯玛,我烦躁不堪,我反感他们俩把你从我的脑海里挤走了,他俩总腻在我家,让我没有独处的时间和空间去想你,我不止一次对哥伦布说我十分后悔,后悔自己没让铁匠比尔太将他掐死。

他恬不知耻地哈哈大笑,阿芙拉也上气不接下气地笑着,她的手抚摩着圆滚滚的肚子,胎儿正在一天天地发育。那个周四,你跳进我的脑海,我自问:是否阿芙拉曾经也美得像花儿一样,只是因为怀孕,才让她变得不修边幅?

我不觉得是这样,真正的花儿,即使死神已令它奄奄一息,它还是朵美丽娇艳的花儿。

我猜你现在要问:

你的照片之事怎么样了?那些天为了得到它,我先是在坏女孩那儿碰壁,后来去求"小德国"帮忙,可他却完全变了,在接二连三的失败后,又发生了什么其他的事情吗?

答案是肯定的。

事实上,我不能放着这件事,那样的话,我都不会原谅自己。

两天前,阿卜杜·卡德尔从蜜月旅行中回来了,他和新婚妻子在首都并没待上几天,他的妻子是他工作上的同事,他深思熟虑后选择了这个并不算美丽的女孩。在蜜月旅行里,我想他俩应该是在干净的餐厅里用餐,在商品琳琅满目的欧洲街购物，给因为看多了海啸的眼睛涂抹药水，在观赏尼罗河时，也会被神话、魔鬼和各种传说所感染。如你所知，我没有蜜月经验，而对我这个亲戚的蜜月之旅，我完全是靠自己的直觉想象出来的。我越来越发现自己的第六感是如此灵验，它甚至已经超越了我的听觉、视觉、触觉和味觉，成为我最主要的感官，如果我是一位讲授人体学、生物课的老师，也许我会考虑将我这一神奇的能力传授给学生，并训练他们去挖掘各自的"直觉"。

我是偶然听说阿卜杜·卡德尔回来的。在公交车总站，当我在等车回平民区时，看见了卡德尔那个讨厌的正处于青春期的妹妹。我本想躲开她，但是没能躲开。她轻蔑地看了我一眼，我没说什么，她却告诉我，阿卜杜·卡德尔度蜜月回来了，把照片也都带回来了。我向你发誓，艾斯玛，要不是公交车进站扬起了一阵尘土，她连忙拍打衣服，她一定会问我是否要将照片带到化学课上去，或者是将它当作施舍分发给平民区的穷人。

我运气真是太好了，正如我估计的那样，阿卜杜·卡德尔在结婚以前，搬离了远在城市另一边的家，在市中心租了一套小公寓，并一再邀请我和亲戚朋友有空去他的新家串门。艾斯玛，我真是难以言表见到阿卜杜·卡德尔妹妹时的高兴劲儿，当然不是因为她不再讨厌，而是因为她为我提供了一个价值连城的线索，点燃了我的激情。

在她再一次注意到我之前，我快步离开了车站。那个中午，我没有回家，而是在市中心逛了许久，消磨着时间直到夜幕降临。我循着线索走进"国民"书店，这是我们学校以前的老校长努尔丁·阿塔退休后开的。我买了一本关于形而上学的书,在我想你的时候,它能帮助我进一步发挥想象力,还有一本关于星座、占卜的书,我真不知道为什么要买它。

我来到"和平"快餐店,它像其他快餐店一样脏兮兮的,我甚至在点的红茶里发现了一只死苍蝇,但我异常好心地宽容了服务员,因为这事发生在等你的时间里,这是你的专属时间,我了解你,你宽宏大量,善解人意,一定会原谅他的。我穿过市场,同卖甘蔗的女人聊了好多,只因她叫艾斯玛,她也住在平民区,是我已故母亲的朋友,事实上她与你并无半点关系,只是同名而已。坐在她身旁的这段时间,我一直想着要强迫她去出生登记处,换掉这个名字,我再给她找一个与她相符的名字,比如叫"愚蠢的老妪",因为她已六十多岁了。拜托你不要以为我是个疯子,我从来都不是。

大概下午五点钟,我拿着从"国民"书店买来的两本书和一个塑料篮子,里面装着一个鲜花盛开的陶瓷花瓶,这是我在路上偶然看见的一个不知名的苗圃里买的,我敲响了阿卜杜·卡德尔的家门。

公寓楼是新建的,旁边还有没清理完的水泥和钢筋,这里住的大多是新婚夫妇。楼道里的台阶依旧坑坑洼洼,而两个灰头土脸的年轻工人,正慵懒地打扫着,我抬头看看,已经到达了第四层。

我知道,这个时间并不太适合拜访一对刚刚蜜月旅行回来的夫妻,就像不适合去诵经祭坟或是去安慰刚死了男人的寡妇,他们俩现在一定还沉浸于甜蜜之中,无暇理会其他。但是,此刻的我还能做什么呢?双脚和大脑都已经完全不受控制,如果还有意识,那就只是"找寻",它驱赶着我,而我别无选择。

我的敲门声一开始还显得很轻柔，继而便无法控制地变大。开门的是我的亲戚阿卜杜·卡德尔，他居家打扮，手上画着只有新郎才会有的浓黑指甲花，散发着浓重的香料味，他身上同样香味扑鼻，那是专门为结婚而用的香水。不出所料，我的这个不合时宜的到访令他很意外，因为我们握手寒暄的时候，他的双手不知所措，还抿着双唇。透过他身体的小空隙，我看见了他那目光狐疑的新娘站在他身后。

如果不是在那个与众不同的星期四的婚礼上，我对你一见钟情，今天这样的事绝不会发生。在承受了一系列的羞辱和打击之后，我现在已经练出了直面尴尬的本事，不再感到局促不安。我镇定地与他握手，并送上我对他新婚的祝福，之后，就站在门外端上花篮，我能感觉到，他并没有让我进门的意思，我尊重他的想法，并尽可能使自己的声音显得沉稳而清晰，问他婚礼照片里是否有我的照片。

阿卜杜·卡德尔并没有多问其他，他示意我稍等片刻，转身回了屋，不一会儿，他拿着一大本相册出来了，上面用金色字弯曲地写着：

昂泰拉兄弟影楼，向新郎新娘致以最诚挚的祝福。

他告诉我，婚礼那天拍的所有照片都在这里了，让我现在就找，然后把相册还给他，改天做好准备再亲自邀请、款待我。

看上去，他有些烦躁不安，而我内心里却没什么挣扎，也没觉得自己破坏了蜜月夫妻的午觉，此刻，我只在意我自己的得失，其他的都无所谓。这会是故事里最具重要意义的一步吗？我感觉自己的手也有些战抖。

我接过相册打开它，一页一页地翻看：第一张是新郎新娘在天鹅绒椅子上的合影，第二张也是新郎新娘的，第三张、第四张……第十张……有妇女们热情欢呼的照片；有男人们齐声歌唱、跳舞的照片；有歌手的照片；有浪人乐队的照片；有漂亮姑娘的照片；有长相一般但努力让自己显得漂亮的姑娘的照片；有吃着糖、把嘴巴弄得脏兮兮的孩子的照片；有我和我那个讨厌的学生的照片——就因为看见他，我局促地尽量装得像个老师的样子，结果一不留神，把你给丢掉了；还有一张是我在舞台上狼狈地伸手向无数人祝贺的照片；有大家在一起握手、告别的照片；有送果汁的服务员的照片；有桌上鸡尾酒的照片；有场外停着的汽车的照片……我犹豫了一下，翻到了相册的最后一页，没有，没有看见那件绣着含苞待放的花儿伴着亮亮的星星图案的黑袍，没有看到我疯狂找寻的那张脸。

我感觉自己要崩溃了：

"你确定这是婚礼那天拍的所有的照片吗？"

我问他的时候，似乎能听见自己断断续续的声音中带着的战抖。

"阿卜杜·卡德尔，你真的确定就只有这些照片？"

他的回答令我难以相信：

"是的，这是所有照片，我亲自确认过底片了，老师，你的照片都在这儿啊，如果想要的话就拿走吧。"

从他的话里能听出来，此刻他已经烦躁透顶：

"你还想要其他照片吗？"

"不要了。"

我的声音还是断断续续，前言不搭后语，如果我的亲戚控制一下自己的情绪，不那么着急让我离开，他只需观察我片刻，就会知道我在说谎，我在残忍地说谎。

我双手战抖地拿出我的两张照片，把相册还给它的主人，告别，走下楼梯，看见一个工人正在打盹儿。我一走到街上，就愤恨地把手中的那两张照片撕得粉碎，扔到了地上。

难道摄影师正巧没拍到你？还是你明确禁止他为你拍照？

但是，你为什么这样做啊？婚礼上精心打扮过的漂亮女孩儿们，谁不渴望照相机对着她们一直拍，直到婚礼结束呢？

我没有答案，或许永远不会找到答案，尽管如此，我也不会放弃的。

"小德国"的突然到来令我深感意外，他不是一个人来的，身后还跟着三个人。他们留着一样的胡子，穿着相同的衣服，手里拿着同样的念珠。我认识他们中一个叫爱资哈尔的人，他是土耳其人，曾在一个土耳其家庭里做厨师，这家人住在市中心，因为女主人总是对他的厨艺指指点点，他就用刀捅了女主人，于是被判入狱五年。而另外两人我从未见过。

我并没有邀请他们进门，在好不容易摆脱了哥伦布和阿芙拉之后，我想要营造一个只属于你我的二人世界。而他们本来也没想进来，"小德国"向我发出了个邀请，邀我去街区清真寺，和他们一同为主道做事，他们今早就已经开始了。

我毫不犹豫地说道：

"兄弟，我要给学生备课。"

他马上回答我，好像答案早已准备好了似的：

"来备备有关末日的课吧，兄弟，今世没什么好的。相信我，今世真没什么益处。如主所愿，我们会等着你的，再见。"

他们转身又去敲哥伦布家的门了，我想我能猜到结果会是怎样的。

我当然没去清真寺，因为我当时正在绝望之中，我连伸手挠背都懒得做，他们有他们要做的事，而我也有我要做的事情，或许有一天我们会不期而遇，但一定不是现在。

第七章

我发现我的预判能力出乎意料地强,我将把它用到对你的爱中,直到我猜想的一切变成无可争议的现实。我在身边发生的事情上试验多次,大部分都出乎意料地应验了,在接下来的几天、几个月里,我将利用这种感觉去创造你,我认为这项工作我俩将共同完成,因为命运正用一根线连接着你我,我疯狂地将它攥在手里,但遗憾的是,你没有抓住它。

我那天冒昧地去拜访我的亲戚阿卜杜·卡德尔,人家还在蜜月中,也许我不经意间搅扰了他们夫妻间的甜蜜,我翻看了婚礼的相册,当发现里面没有你的照片时,我把自己的两张照片撕得粉碎,愤恨地扔在地上,那天我并没有直接回家,而是在市中心漫无目的地转了将近两个小时。我的内心狂躁不安,身体也抖个不停,我都能清晰地感觉到它的战抖,大概八点钟,我又折回去敲阿卜杜·卡德尔的门,我等了足足十五分钟,门才打开。

他这次虽没有像之前那样显得不安,但我的再次造访肯定出乎他的意料,他的衬衫没系扣子,裤子带点儿透明白色,他的右嘴角上有一块深红的印记，可能是黏着的吻痕，或者是牙齿咬的血印，我没有继续猜测。

那会儿我在揣测他的心理：也许这个对我感到百般无奈的新郎会对我破口大骂，抓起我的手或衣领将我推下台阶，并在我脸上啐一口唾沫然后回家。但是他没那么做，他只是表情稍显不悦，而声音还是轻柔的，给我留足了面子：

"老师，你又想干什么？"

"艾斯玛。"

我的表达精练至极，就好像在讲述一个众所周知的故事一样，我认为所有人都理所当然地知道它的来龙去脉，我更是假想阿卜杜·卡德尔也像我一样在乎你，全世界的人都应该认识你，都喜欢你、爱你，而且都无法自拔。在他对我发飙以前，我又快速地补充道：

"你在托莱雅尼俱乐部举办婚礼那天，那个姑娘也在场。"

"那又怎么样？"

"我想确认一下她是我们的亲戚还是你妻子家的亲戚？"

说实话，阿卜杜·卡德尔并没过多地问你的身份，也没表现出打算问的样子，他紧闭的双唇也不像要骂人的样子，那一刻，我并未利用自己擅长的"第六感"去揣摩什么，因为我害怕去猜测。

他没有一点儿生气的意思，平静地说：

"咱们的亲戚你都认识，没有叫艾斯玛的，我们街区的女邻居也没有叫这个名字的，但我爱人赛勒麦的家人或者熟人我不是很了解，我马上去问问她。"

他迅速地回到屋里，门敞开着，我瞥见他妻子穿着一件透视装,卡德尔进了一个房间。此时此刻,我其实特别想猜测一下他妻子的感受,但相比之下,我还有更重要的事情要做,于是打消了这个念头。过了大约两分钟,阿卜杜·卡德尔回来了,急匆匆地告诉我说他妻子的亲戚、熟人中也没有叫艾斯玛的,她还猜测那个女人不是他们邀请的,应该是其他熟人带去的。

我当时差点儿瘫倒在地上,难道我追随的只是你的幻影吗?我痛苦极了,真的难以接受这样的事实,我就这样在甜蜜与沉沦中无法自拔,尝尽了其中的酸甜苦辣,我怀疑我是相思故事中最倒霉的一个痴情者,原因很简单:我的恋爱对象永远遥不可及,我只是在单相思。

我拖着沉重的步伐下了楼,忽然听到身后一阵尖锐刺耳的声音,我猜阿卜杜·卡德尔的家里,因为我的一再讨扰,新娘肯定在质问新郎,而新郎肯定会对新娘辩解说我是他的亲戚。我听说过太多关于夫妻婚姻生活刚开始时发生的争吵,通常跟双方的家人有关,他们往往是夫妻争吵的导火索,我很抱歉,我就像是一根受伤的火柴,点燃战火后,就兀自离开了。

修缮台阶的两名工人已经睡熟了,我不小心踩到了一个人的肚子,他被我吓醒了,我也没有道歉,就走了。

我开始兀自思忖沙姆斯·欧莱——一个化学天才的故事,就是之前我提过的那个在与一个出身高贵女孩的恋爱中进退两难的我的同事。这个女孩的父母过去是活跃的共产党员,后来发家致富了,母亲移民到阿拉伯一个海湾国家,开了一家女子美容店,五年后带着一大笔钱回来了,背离了马克思主义理论,而沙姆斯·欧莱爱上的这个女孩成长在一个完全不同的环境中,与旧的马克思主义脱节。事实上,他向女孩求婚时,她原则上接受了,但她要求沙姆斯把那带有乡土气息的名字改得洋气一点儿,她的家人还让他准备一份高额聘礼。

我脑海中思忖着沙姆斯·欧莱的情况,他来自岛屿地区的一个农村,那地方以苏菲派闻名,我估计最后可能出现两种结果:

一是沙姆斯·欧莱不顾他的部落与苏菲派的约束,会把名字改得洋气一点儿;二是沙姆斯·欧莱可能拿不出迎娶富家女的聘礼,因为教师的那点儿工资连吃喝都是问题,说不定他将会去做些不法勾当。

两天后的一个课间,当我们都在休息时,我满脑子都在想你,沙姆斯一如既往地擦他的皮鞋,从早晨到现在这已经是第十遍了,我听见他大声喊道:

"跟我来,再叫上一个同事。"

"去哪儿?"我问道。

这时,你的影子突然消失不见了,我满脑子萦绕的都是他的喊声。

"去法庭,我要把名字改成阿绥姆。"

"阿绥姆?"

我开心地看着他,我想笑,因为这恰恰证明我强大的"第六感"越来越厉害了,同时我又有点儿难过,因为如果我的猜测正确的话,也许就意味着他某天会犯下盗窃罪,我不能直接和他说我的直觉告诉了我什么,直觉有可能对也有可能错,事实上我希望自己的直觉至少在他可能会犯错的事情上判断失误。他连着喊了好几声,我不得已站起身来,陪我们去的还有另一位帮忙做证的同事。仅短短两个小时里，沙姆斯·欧莱就成了阿绥姆，如果他俩结婚生子的话，以后他就是这个名字了，至少在他岳父岳母家里、在他未婚妻还有他们未来的孩子那里是这样的。而学校里却没有人喜欢这个新名字，他改名以后也没人叫过他这个名字，甚至当他在学生面前写下这个新名字时，无论好学生还是坏学生，都觉得十分讽刺。

再说说铁匠比尔太的妹妹——皮肤白皙的玛利亚，她是任我"第六感"驰骋的另一片天地，甚至可以说她让我的预判力发挥到了极致。过去在我还没向你介绍她时，她不是平民区居民所说的那种能吸引我眼球的姑娘，我曾在路上多次遇到过她，但每次我都将头扭向一边不看她，倒不是害怕爱上她，你知道的，我对女人的品位是很不一般的，绝不可能轻易爱上谁，但现在我开始注意皮肤白皙的玛利亚了，我想把我正在发展中的预判力放在她身上试验试验，静待结果。

有一天，我在幼儿园附近等她，这所幼儿园所处的街区比平民区的情况稍好，但它与平民区毗邻。幼儿园的负责人是科普特人卡德斯·卡尔亚古斯，他和玛利亚一样也是平民区的新居民。玛利亚在这所幼儿园做监管员，但她一点儿都不像我们想象中的监管员那么严厉。卡德斯也是在一个继承人手里买了一套房子，自从他妻子死于车祸后，他和三个孩子住在这里。

我第一次认真观察玛利亚的脸，这是一张三十多岁女人的脸庞，尽管她一直尝试让自己尽量显得妩媚动人一点，但脸上还是掩饰不住对爱情的怅然若失。我看见她走路的步态，像得了软骨病，丢了魂儿似的，有时街上来了吆喝着卖蔬菜的小贩，当她想要叫住小贩买点儿什么的时候，那喊声如同悠扬的乐曲，回荡在整条街上。

我的直觉告诉我：这个姑娘绝不会一直这样下去，她终有一天会嫁给卡德斯·卡尔亚古斯。

艾斯玛，我特别喜出望外，因为我的预言再一次得到印证：那天我在街上偶然遇到铁匠比尔太，他特别开心，嘴里哼着一首名为"伊里叶·沙克尔"的不太知名的科普特歌手的歌曲，铁匠的眼睛里焕发着青年人的幸福感，他告诉我他已经受够了玛利亚，终于要摆脱她了，因为她已经同幼儿园负责人卡德斯·卡尔亚古斯订婚了。

但令我难过的是，我想起了那个坏女孩——阿卜杜·卡德尔的妹妹。有一天我看见她在逸夫拉斯特英语学院附近徘徊，那是一个充斥着各种犯罪、危险、罪恶的地方，有些游手好闲、谎话连篇以及其他来自社会各阶层的人经常打扮得光鲜亮丽地去那儿，说一些甜言蜜语，专门引诱误入歧途的小姑娘。以前，我在那儿看见过一个年逾花甲的卡车司机，他是我的亲戚，已儿孙满堂，他站在那儿，跟一些司机讲污言秽语，比如什么母驼、狩猎等；甚至是法鲁格·哥伦布，尽管他总是故意显得特立独行，为那些迷茫的人指点迷津，但他有时也光顾那个地方，哪怕就是去那儿发发呆、东张西望地度过几个小时；还有我的一个同事，他心思细腻，为人冷酷，在跟踪学生这一点上在学校里是出了名的，他告诉我他习惯了对逸夫拉斯特英语学院进行突击检查，尤其是在周四晚上，总能逮到本校或外校的男生在那拈花惹草。

我去那里不是你想象的那样为了调情、勾引美女，我在那里待着没有什么特殊的目的，可能我生活中的很多行为都是毫无意义的，有时候做完一件事情，当我缓过神来的时候，会觉得根本没任何必要。

阿卜杜·卡德尔的妹妹神情紧张地站在那儿，我肯定她应该不是第一次就是第二次来，薄得透明的灰色头巾从她头上滑落，她又重新将它戴在头上，她手中拿着一块小玫红手帕正擦拭额头上出的汗。我没看见她周围有什么不轨之徒，旁边的人要么已经选好了搭讪目标，要么在守着刚从学院里出来，或随时可能出现在偏僻小路上的有一定价值的"猎物"。我迅速躲到附近的建筑物后面，以免被她发现。逗留了几天之后，我将她从我的想象中删除，可是她的影子还是会出现。最后，我对自己说（这也是直觉告诉我的，我真希望那是假的）："她要跑了，要跟着一个掉光了牙、连最好的'猎物'都'啃不动'的老头儿跑掉。"

后来，我在学校走廊里无意中听到一个学生对他的同学说起他们街区的一件丑闻：一个女孩离家出走三天了，她的家人在一个光棍儿理发师家里找到了她。

当然我没有去详细打听，我从不关心什么悲剧，我知道人们有时就像小孩儿一样，当听到一些令他们难以置信的丑闻时，通常会避而不谈，我估计那个姑娘一定会剪掉她的指甲，把自己常年囚禁在悲惨的牢笼里，人们可能会找个乞丐或蹲过牢的人把她嫁了。

再说说阿芙拉，就是那个不厌其烦来打扰我的女邻居，那个不停喘着粗气的孕妇，她是我试验"第六感"的不二人选。我本来预测当她发现我跟她说我已经订婚这件事是个谎言时，她就会想方设法把她认识的女孩介绍给我做老婆，特别是我听说她有一个都三十岁了还单身的妹妹将要来看望他们的时候。但是这一次我的预言落空了,她的妹妹来了,只待了三天就走了。甚至是我竟不知道她来过,要不是我看见她坐上了一辆去车站的出租车,我还真不知道呢。

  我没有去仔细斟酌过她为什么躲着我,我也没有因为这次推测失败而难过,或者把这种感觉弃之不用。我认为这很正常,任何一个完美的感觉都会出现这样的情况,比如说视觉,有时候也会被蒙蔽;还有嗅觉,有时可能以为一个身材窈窕的喷着香水的女人一定是个美女,实则不然。

第八章

艾斯玛，我凭新感觉做的第一件关于你的事就是：确认你居住的街区。

在那个非同寻常的周四，我在托莱雅尼看见那精致的脸庞、那端庄的面容，使我能凭借仅有的印象勾勒出你完整的生活，接下来我会告诉你，我为此是何等地煞费苦心，我想信那就是你的生活，我没有删减一丝一毫。

城里也就那屈指可数的五六个街区，适合你或者说能使你舒心，我将为你一一细数我直觉中你住的街区的情况。

科普特人区，位于市中心，那里有彩色圣母教堂、赛马场旧址、古老的教堂学校，还有历经变迁被填平了的泳池，而如今只剩下了回忆。我认真地阅读着，但又迅速将它排除了，尽管这里有许多非科普特家庭，自上世纪末城市建立之初就在此繁衍生息，这些人完全是两种类型：奢华无忧和贫贱忧愁。享有盛名的房地产商"尼古兰·门萨"就是在这个街区出生的；还有进口酒商、市场中心天使酒馆的老板阿尔弗雷德·福莱斯顿以及阿沙穆拉汽车代理处负责人阿沙穆拉，这个代理处是城里人所熟知的第一个也是最后一个汽车代理处；市长萨菲·穆赫塔尔也不是科普特人，直到近代也没人知道他到底是哪个部落的；这个区还造就了一个传奇人物，以"贝利"而著名的"阿尔凡"，他八岁的时候就是足球头号射门员，要不是他母亲在怀他的时候离了婚，在一天深夜逃离了科普特区，他也许都活不下来；印度裔的"尼斯明"，要不是她的家人在返潮迁移中突然回到祖国，她就不会成为小众群体里的一名舞者。

这个区极尽奢华，里面的人个个利欲熏心，面露贪婪。但是，艾斯玛，"贪婪"这个词跟你没有半点瓜葛，与你迷人的眼睛、窈窕的身材完全不相称，更不像在那个非同寻常的周四你身上环绕的那一片迷人的星星。

这些不是我说的，是我的直觉告诉我的。

海洋街区坐落在海岸附近，这是一个古老的贵族街区，这一点不容否认，因为埃塞皇帝的一个孙女"太汉尼斯·卡博拉斯莱丝"曾住在这里，当她父辈掌权的国家覆灭时，国家左翼分子接管了政权，据说她备受压迫，等她人到中年之时，开始变得狂妄自大、骄纵跋扈，我们曾在集市上看见她疯狂购买东西，大家纷纷猜测她到底多富有。

这个区曾是生活在普通平民区的一些底层人特别向往的地方：有高档饭店、殖民银行。我祖母在九十岁高龄的时候，对我父亲讲她曾亲眼看见第一次世界大战的一名罪犯"格雷厄姆·亚当"——这个名字是别人告诉她的——骑着高头大马在这个区转过。

我的直觉告诉我：这个区跟你的气质不符，绝对不符。

城东新建的花园区，在某种程度上和你很配，但是里面有一部分盲目冲动的人和一些新贵，我一想到这些就将这个区排除了，你肯定不住在这里，因为你绝不是一个盲目的人。

十家区，六家区，两层区，这些住宅都是政府为公务员建造的，这些地方很少出美女。这些都是我的直觉告诉我的，可能令人确信，也可能令人失望，但是我很确信那是对的。

从高雅层面看，排除掉所有小的职工区后，就只剩一个街区能够配得上你了。经过从容审慎的思考后，我找到了重点。我在花园区下画了两条线，我疯狂地爱上了它。这就是你所在的街区，我成了它的朋友，直到我精神生命的最后一天。

我将会给你意外的惊喜，但遗憾的是，我的这份惊喜你绝对感觉不到，正如我之前和你说的，你根本不知道自己让一个一本正经的教师深陷到爱情的泥潭中，让他接受选择的永恒考验，而他从未想过有一天自己会遭遇这一切。

我要迫使你失声痛哭，因为你根本不会意识到你已令我撕心裂肺，而我将替你号啕大哭。

我找到你的栖身之所后做的第一件事就是盼望失眠，纯粹的失眠。凌晨一点钟，我不是看了手表或时钟才知道的时间，而是因为平民区里的一只蠢鸡，它总是在这个点儿叫；还有那股檀香味，我不知道它是打哪儿飘来的，我习惯了在这个点儿闻到它。在我家里总是发生一些怪事：有一个锅盖，通常在那个点儿不明原因地从架子上掉下来；还有几只不知羞耻的猫，在我家狭窄的空间里交配嬉戏，猫在凌晨的时候最不知廉耻。

我不想入睡，因为睡着了就不能信马由缰地想象生活在花园街区里的你，就没有了乐趣，第二天早晨我在课上要讲挥发油和制作香皂方面的知识，但我还没有备好课，因为备课已不能吸引我。我感到痛苦难耐,我全身心地回忆着在那个周四你我相见的短暂时刻,想要凭借这仅有的线索将你刻画出来。

  第一个晚上,哥伦布带着他的妻子阿芙拉例行公事似的来我家,他们告诉我说阿芙拉两天后就要生产了,因为最后一次产检时医生是这么对他们说的,而且哥伦布在拍了阿芙拉的肚子几次以后也是这么估计的,不料孩子突然降生在我家洗手间里,于是哥伦布带着他们迅速离开。正当我惊魂未定之时,那个悔过自新的马哈丁"小德国"又一次突如其来地造访我家。事实上,当我看到他和一帮狐朋狗友站在我家门口时,我的心咯噔一下,这个"小德国"是属于那种你很不想见到的朋友,除非是在不得已的情况下才会去找他,比如要通知他你意外得知与他相关的某件事时,或者他家有丧事需要去吊唁的时候。正如我所说的那样,我们的见面陌生而疏远,甚至直到我去调查他时,才发现他已经抛弃了作家这个唬人的身份,不再勾引女客,也脱去了宗教的外衣。

  我调查了"小德国"的新背景,误打误撞地,我原本拥挤不堪再加上单相思的不堪重负的生命里,他又闯了进来。

  这次,我依然不知道他的目的,他们在我们这儿的清真寺已经完成了为主道挺身而出的任务,正如我所预测的那样,他们转移去了另一个清真寺,我当然没去看过他们。

  "小德国"还有另外七个陪同人员,他们不像第一次那样在居民家门口宣讲一些引导人走上正途的话,然后就离开,这次他们没那么镇定。我刚一打开门,他们慌张地张望了一下四周,就急忙往屋里钻。他们身上飘出了茉莉花精油的香气,我注意到爱资哈尔的胡子染成棕色了,他手里拿着一个粗布袋子,在大家尚未落座之前,他把袋子放在了窄小的客厅中间。

艾斯玛,当时我心里很是慌乱不安,我不知道自己为什么会猜想那袋子里面装着的是匕首、菜刀,他们身上还流着血,不明是何原因。我在想着那天自己像个白痴一样去找"小德国",毫无戒备地将你我的秘密向他一股脑儿地全都讲了出来,却并未去调查他那白色的胡子意味着什么,也没去考虑他为何那样沉默,还意味深长地凝望着大海,轻易放过了坐在他身边的两个清秀的女游客。我还联想到了更危险的事情:他们可能是特殊部门的安全人员,而我,很可能不知不觉地牵扯到了国家问题。可是,我的爱情与流血事件有什么必然联系吗?你是他们要坚决除掉的大叛徒?我愈加胡思乱想,因为那些天来除了爱你外,我也没有做其他的事情啊。

此刻,我一向发挥稳定的"第六感"已经完全失灵,像是它从未被挖掘出来一样。我走进大肚子阿芙拉整理好的厨房,她一来兴致就收拾厨房,确实弄得井井有条。杯子像杯子,勺子像勺子,茶壶像茶壶,立顿茶叶袋被放在干净透明的盒子里,很容易就找见了。

我泡着茶,竭力不让它洒到我手上或我端着的盘子里。我回到客厅,看见他们已经坐在椅子上了,而且摘掉缠头巾后露出了一个个光头,"小德国"也是光头。其中一人从地上拿起粗布袋子打开,我瞥见里面有一个明晃晃的东西,不难看出那是把匕首或菜刀。我更加惶恐了,艾斯玛,我惶恐到肚子发胀,听到了里面有气体咕咕地叫,犹如震耳欲聋的鼓声。

终于,"小德国"将茶一饮而尽后说话了,那声音比以往任何时候都更小声。

"听着，老师。"

他没直呼我的姓名，因为表面上作为朋友，若是直呼姓名就不合适了。

艾斯玛，你知道那布袋子里装的是什么吗？

不是锋利的菜刀或匕首，也不是其他作案工具，只是在便宜的奶酪面包外包了层锡纸而已。他们将这食物散放在桌上，就着茶水狼吞虎咽地吃了起来。他们还邀请我同他们一起吃。艾斯玛，我真是感到惭愧，我惭愧是因为我向那可耻的恐惧感屈服了，我为自己在招待客人，给他们递上半苦的茶水时的那种哆哆嗦嗦而感到惭愧。

你知道他们想要干什么吗？

"小德国"直言不讳地说，他们想要找个地方召开一场紧急会议，讨论出结果，因为当局已经察觉到他们思想的苗头，开始在宗教场所以及他们集会的地方搜捕他们，而且已经抓获了很多他们团伙中的人。他们现在能找到的只有我家，还说我是一个远离正道、放浪形骸的人，当局肯定想不到我的家里会存在"大清洗"之人士。他还为自己之前的行为向我道了歉，似乎是为了求得原谅……艾斯玛，你想象一下，我因为爱恋你，就成了一个偏离正道的浪荡儿，那"小德国"自己呢，他的过去无人不知：玩弄女人身体，人云亦云的个人风格，没有小说的小说家，尚未动笔的美丽塔竹竹史的作者，中伤我又向我道歉……他的"罪行"可谓罄竹难书。

他想要大笑，但嘴里叼着牙签，所以没笑出来，他看起来似笑非笑，但确切地说，只是露出了牙齿而已。

我现在得从家里出来了，像他要求的那样，随便去哪儿转一圈,四五个小时以后再回来,那会儿他们或许已经离开了。

"小德国"和他的同伙们无须用严厉的眼神吓唬我,也无须用多余的话来警告我要保持沉默。

当我哥布哈里逃跑时,我那段被关在阴暗牢房的经历,还有给人制造伤害的哈基姆·戴尔的残暴,这一幕幕不堪回首的往事足以让我离开,每天带着同样的感受离开,留下空无一人的家。

第九章

我以前说过的那个同事沙姆斯·欧莱或者说阿绥姆（他最近刚改成这个名字）正处于感情的重压之下。他有一辆老款德国产的"费斯普"牌摩托车，走远道时会骑着它，他心里明白他那位生活安逸的未婚妻是绝不会坐这种车的。一天，我去找他寻求帮助。

在我遇见你以前，尽管我俩关系不错，但我们之间的相互帮忙也只限于在对方没心情上课时，互相代课，或者我借他的"黑又亮"鞋油一用。他通常把鞋油放在抽屉里，好时刻准备擦他那脏了的皮鞋，因为他有鞋脏恐惧症，所以只要一逮到机会就会拼命地擦鞋。偶尔，他会突然拿起跟前的剪刀向我冲来，帮我修剪胡子，因为我自己并不知道怎样打理胡子才能让它看起来受人敬重。他帮我剃好胡子，拔掉我两鬓的白发。我们都是老师，同样领着那点微薄的工资，也正因为如此，我们之间永远不会相互借钱。

在最后一天教学日，我俩每人都剩一节课，但我们心里都十分清楚，绝不会有学生很好地配合我们上课，用他们的积极性感染我们，让我们自己也能积极地执行教学任务。就我个人而言，我不但对那节课没有丝毫热情，而且对未来的每一节课也都没有心思。我的主要力量已经日益脱离了教师的那种自信和能力，我的直觉告诉我，不久以后我就会永远地退出教育行业。

艾斯玛，我对你的爱充满了遗憾，在这个问题上我思考了很多。我在想，爱人们根本不像一般人想象的那样卑躬屈膝、无所事事，从某个方面讲，他们同样是工作人员，当然他们并不会被按月支付工资，但是他们会得到感情上的回报，这是战场上的将军做梦都得不到的。尽管我的爱情故事到现在为止还不足两个月，但是在感情上付出的纯度来说，我可以称得上是头等恋人，值得被写进贞操诗里，我就是当代贞操的传人，若是在历史书里找到一张专属恋人的空白页，不用经过审核，我一定会被载入史册。

沙姆斯·欧莱从早晨来到这儿后就开始擦他那双本已油光锃亮的皮鞋，这已是第六遍了，随后，他从衣兜里掏出一小块"新泽西"牌巧克力，这是最近航运商经营的各类商品中极受欢迎的一个品牌。他把巧克力掰成两块，将其中一块放进嘴里，把另一半扔给了我，说道：

"到底需要我帮什么忙？"

"咱们骑你的摩托车去'花园'区走一趟？"

"花园区？"

令他震惊的不是他不知道花园区这个地方——尽管他的未婚妻家不是那的，他未婚妻家所在街区的居民虽不全是上等人，但也算是半贵族街区，几年前她的家人就在那置办了房产——真正令他感到奇怪的是,我作为一个普通平民区的居民,脑子里无论如何也不应该有去花园区的念头。

我难以启齿,说我爱上了那个街区的人,幸运的是,我找到一个特别好的理由,也就没必要告诉他事情的真相了,我搪塞道:"我一个在外工作的亲戚想要在那买一套房子,所以委托我帮他去瞧一眼。""瞧一眼"这句话真让我欣喜,我预感这句话将成为我近期最喜欢讲的一句话。他什么也没说,确认鞋子彻底擦干净后就拿起了摩托车钥匙,走前还没忘和学校的头儿说我俩因为急事取消了课程,可以让学生们自行离开了。

我们从学校出发了,沙姆斯·欧莱骑着摩托车,我则坐在后面抓着他的背,那种情形下根本不容许我思考爱情,尽管那样,我还是在幻想。倘若刚好有熟人或者学生家长撞见我这个样子,会使我的教师形象大打折扣,可我并不在意,反正过不了多久我就不再当老师了,就像我前面说过的那样。

沙姆斯·欧莱比我小十岁,却比我更具有骑摩托车的条件,他瘦弱的身体以及太阳镜上反射出来的眼神,都暗示着他干的是一件苦差事,如果他对别人谎称说自己是铁匠科普特人比尔太·拉吉的少年学徒,或者说自己是人民影院窗口的售票员,一定会有人信以为真。他还有一些比较大胆的想法,在学校的一次月会上,他提出将教育从阿拉伯语课本里那些充斥忧伤诗歌的桎梏中解放出来。那时我亲眼看见那些支持诗文的老师笑了,笑声越来越大,而当下一个学年来到时,我们发现诗文变得愈加伤感,而且数量也愈加增多。我忘不了有一天我俩走在市场中心的美元路(这是本市人给起的名字)上,他指着那些紧凑的商店,那儿的店主表面上经营各类商品,但实际上却从事黑市的勾当，愤慨地说道：

"那些愚蠢无知的有钱人，他们对社会有什么贡献？于发展有益吗？他们，那些牲口商，还有其他那些不付出辛苦就发家致富的人，你告诉我，他们有什么用？我真希望他们都死了算了。"

那是我第一次听他说那么绝望的话，这怨恨无疑在他心中郁结已久，他想在路上倾诉一下。

我们穿过拥挤的街道，此时空气潮湿，天气微热，这个海滨城市即将进入夏季的高温。艾斯玛，那拂面的微风有点儿像你，在微热的街道中穿梭。我们没碰见熟人，当然也不想遇见。在穿过通往花园区的一座古桥时，我开始心慌了，我害怕在第一个转弯处，还没感受到心跳加速就轻而易举地找到你——百花丛中的美丽花朵，若真是那样的话，我因苦苦寻找花园而拥有的美妙感觉就消失了。

这个区用我自己的话来说，就是充满了美的化学元素，它们在神奇的实验室相互作用，从而孕育出一代代优秀的人。这里的房屋并不都是完整的、经过装修的，有的建筑仍在修建之中，有的建筑则年久失修、墙皮脱落，但总体来说，这个区和你太像了，艾斯玛，毋庸置疑，你肯定住在这里。

沙姆斯·欧莱按照我的要求，将摩托车开得缓慢平稳。我目不转睛地观察着这个街区的一切，我想象着你生活在这个精美绝伦的拱形建筑里。突然，我又觉得另一个更美的房屋才是你的家，我猜你会在这个各种商品应有尽有的商店里买东西，这儿的商店不像一般平民区的那样残破不堪、缺东少西。我幻想你在街区中心的"奈竹德"理发店做头发，在某个设计师那里剪裁衣服，我一定会在某一条街上找到你。

我脑袋里突然蹦出一个可怕的想法，我希望有一天能将它付诸实践。艾斯玛，我现在还不能把这个想法告诉你。我听见沙姆斯·欧莱在打哈欠，我猜他像我一样需要睡上几个小时……不，沙姆斯·欧莱不像我，任何时候都不会像我。他不是那种很传统的恋人，时间老人也没有像残忍地对我那样令他筋疲力尽。他不像我这样一直追逐虚幻的东西，相反，他拥有的是实实在在的活生生的人，这令他步步向前，将名字改成阿绥姆。多么希望我的难题也只是改个名字那么简单啊，这对我来说绝不是什么难事，所以我对他之前固执地不改名根本无法理解。

忽然我似乎看见你在我面前走过，我的心更加躁动不安。不，那不是你，在我面前经过的也许只是一朵鲜花，但她不是我要的那朵。

我骗沙姆斯·欧莱说我是来找房子的，他载着我转了一个白天，完全相信我是为了找房子才来的。我让他在一栋二层黄色老式建筑物前停下，旁边立着一块铁牌子，上面用红色墨水歪歪扭扭地写着：房屋出售。

这栋房子看起来是新修的，大致位于街区中心，正对着一个宽阔的广场，广场还是光秃秃一片，没有栽种花草。门敞开着，我们没敲门就进去了，客厅里空荡荡的，只有一面墙上挂着一幅卡通画，画上是著名的儿童故事人物——老鼠米奇，典雅的木质阶梯直接通向二楼。

我停下来，装作用审视的目光仔细观察这个地方，而沙姆斯·欧莱则从衣兜里掏出一块干净的布，弯腰擦着他的皮鞋。

我听到有轻微的脚步声从楼上传来，突然抬头看见一位大约中年的美丽女人，她用极为优雅的语调对我们说"欢迎你们"，她身着一袭白衣，上面饰有绿色图案。看到她的面孔我觉得很是眼熟，却怎么也想不起来在哪儿见过。你知道的，我时常对你说，对于辨识女人来说，我就是个脸盲。我仔细端详着她，努力在记忆中搜寻这张貌似熟悉的脸庞，突然之间，你出现了，你仿佛变成了一块橡皮擦，擦掉了一切过往。而这个女人，我觉得她不能洗涤我，将我塑造成为一个爱者，我只是会突然地想起她而已。

我与这个面带笑容的女房东之间没有什么值得尴尬的，因为这套房子就是要向外出售的，我只是以一个买主的身份出现的。门开着，我听见身后又响起了其他买主的脚步声，应该也是来打听情况的。而我的同事沙姆斯·欧莱，他在这位女房东出现的那一刻就闪人了，我估计他肯定在外面坐在摩托车上等我呢。

我问房东：

"您想多少钱卖掉这套房子？"

而另一个买主，他们是一家人来的，也加入了我们的谈话，站在旁边等待着回复。

房东看起来十分严肃，说出了一个数，天哪，那是我从未听过的天文数字，我想我以后也不会听到。艾斯玛，因为爱你，一个个打击接踵而至，已使我应接不暇，这个天文数字，更是雪上加霜，把我伤得体无完肤。没有讨价还价，也没有试图达成一致的意思，这也无可厚非，因为这样的价格没办法讨价还价。

突然，我看见那个女房东喘了起来，她从背包里拿出了一支蓝色注射器，是用来治疗哮喘病的，她把它放在嘴边，拼命吸气，待她呼吸平稳下来，问道：

"在讨论价格以前，你还要在房间里转一下吗？"

她只问了我一个人，因为另外一家人刚一听到房子的售价就离开了。我觉得她问的没毛病，没有任何恶意，但如果她对我稍加观察，就会发现我脸上显露出来的作为普通平民区人的无奈，如果她嗅觉再灵敏一点儿，就会闻到从我的皮肤、我的骨子里散发出来的普通平民区人的那股味道。我当然不会再去看房，除非她告诉我，艾斯玛已经妆扮好，就在二楼等着我。

房东笑了，在那笑容中，我察觉到她善意下面隐藏着的是真正的邪恶。我说：

"姐，之后我会带我的家人来看房子的。"

"不要太晚哦，我这儿有很多人过来看房子，急着要买呢。"

她说完，转身走向楼梯，她的背影也是那样熟悉，我发誓以前我肯定见过这个背影，只是我一时想不起来了。

我回到沙姆斯·欧莱身边时，街区里已经非常安静了，因为这片区的居民已经午睡了。安心午休，这也是高档住宅区居民的一个特点，不像普通平民区或其他贫民区的居民那样，总会因一些杂七杂八的琐事失去午睡机会，可以说，午睡对他们来说简直是一种奢望。

我对沙姆斯·欧莱说，这套房子不适合我的亲戚，与他的要求相差甚远，我找个时间再来吧，咱们别回得太晚了。

回去的路上，我的目光停留在那些房子上，我幻想着我看见了你，这样的幻觉一遍一遍地不断闪现，我清楚这些都是因为一直想你所致。

我在家里，贾法尔的哭喊声扰乱了我的思绪，贾法尔是法鲁格·哥伦布和阿芙拉的儿子，他刚出生两天，我当时还提着廉价的甜点去道贺来着。我脑海里开始回忆花园区的各种细节，还加入了自己的一些想象，我知道我想要得到的东西，那街区里面一定都有。正当属于我的街区生活的场景开始在脑海里逐渐成形的时候，我看见哥伦布站在我面前，印证了我前面说的：普通平民区的人从来都没有午睡的时候，永远都不会有。我不知道怎样和他、他的妻子，还有刚出生的孩子沟通，也不知道怎样和平民区的人交流。自从阿芙拉了解了我家的情况以后，哥伦布就习惯了每天来我家玩，在我这儿度过下午几个小时的时光。他用透明纸卷着烟，一看见壁虎在房顶上爬或者苍蝇粘在蜘蛛网上，就笑个不停。

对他这种行为，我估计你也会像我一样深感不满，我曾严肃地要求他回家，劝他像一个父亲的样子，作为一个慈父要好好地照看孩子，给孩子赚奶粉钱，可他鼻子不是鼻子、脸不是脸地看着我，恰在此时，一只蟑螂从客厅里爬过，紧接着他突然发出一阵笑声，孩子的哭声更大了：

"贾法尔睡着了。"

"那在你家哭号的是谁？"

"是阿芙拉。"

他没心没肺地捧腹大笑，那一刻我一度怀疑他会笑晕过去。他在我床上笑得直打滚儿，一会儿站起来，又坐下接着笑。等他停下来时，用脏兮兮的袖子擦去笑出来的泪水，把已经熄灭的烟重新点上。太阳落山了,宣礼声在街区清真寺里响起,紧接着是一声轰鸣,一定是卡车在路上爆胎了吧。因为哥伦布升级为人父,他推迟了家庭讲堂的会面时间,也因为阿芙拉在生产前成功地打乱了他的思路,在家庭课堂上,他不再那么口若悬河、滔滔不绝地说话。他在我家里待着的时间必然会越来越长,我十分担心他把我家当成他家,为躲开孩子的哭闹声再来我家睡觉。我不能允许他这样做,绝不能对那段宝贵的时光掉以轻心,因为在这样美好的时光里,我能享受快乐纯净的失眠,艾斯玛,你才是我为之失眠的主角,而不是那个神经麻痹、鼾声如雷的老头儿。

凌晨三点,我坐在床上,写写擦擦,添添减减,我带着诚意,虔诚地创造一些事实,我突然想起那个女人,有意卖掉黄房子的那位房主。

我绝对不敢相信,我呆呆地站在绳子前几分钟,它就在我面前垂落下来,我没有将自己吊上去。我诅咒我的记忆力,以前我从未诅咒过它,我要向它道歉,因为你存在于记忆里。

艾斯玛,你知道她是谁吗?

这个女人在婚礼当天也曾急切地找寻你,她像我一样与你错过了,我终于找到了事情的关键之处,这和阿卜杜·卡德尔的那些普通照片无关;我也不用再受到他那伶牙俐齿的妹妹的鄙视;与昂泰拉兄弟影楼里的姑娘不再扯上关系;远离了"小德国",我曾把他扯进我的生活中,而他与我的生活格格不入;远离了那些自事情发生时至今日、伴随你我的可怕事件……我现在最大的希望就是太阳赶快像往常一样升起来,平民区的公交司机能早一点儿从睡梦中醒来,我站在花园区,看着生活安逸的人们陆续醒来,敲响那个女人的门询问一些关于你的事情。

　　昨天中午,我告诉她我会带着家人一起来看房,若是我没有带着家人而自己去了的话,我该怎么和她说呢?

　　这件事等到早晨再说吧,爱怎样就怎样吧。我打了个盹儿,自认识你之后,我就习惯了这样的睡眠方式,就像身处战争中的战士,时刻警惕,不到万不得已,绝不闭眼。

第十章

早晨在例行合唱"国家部队"这首标志性歌曲时,有几个学生被老师打了几下,因为他们有的没按要求穿校服,有的在明令禁止学生出没的地方被老师逮到,比如说逸夫拉斯特学院路,或者"小德国"之前所在的位于岸边的麦尔哈布快餐厅。到了大概早晨七点半的时候,升旗仪式刚结束,我立马就去找了新校长,我们的上一任校长已经去教育部任职了。

新校长并不像上一任校长那样强硬、老谋深算,他讲话也不是那种认为自己生下来就是做局长、国家领导人、部族首领或颇具前途之人的样子,他的右手永远不闲着,不是在纸上写着什么,就是在他的口袋里找什么东西,或者没有由头地搔着他那一头浓密的白发。自他上任以来,我就知道他不喜欢我,他第一次给我们开月会时,说学校的一些老师不够格,需要回到小学再做一次学生,我觉得他是在影射我,我也不知道自己为什么会这么想。沙姆斯和我交头接耳了一阵儿,我们本打算煽动其他同事给教育部门写一封联名信,要求换掉这个校长,但是当我们想到没工资发的日子时,煽动的想法马上在我们心中熄灭了，虽然现在每月领的工资少得可怜，但毕竟还可以糊口度日。

我说道："早上好，校长。"

我猜他会惯性地回一句早上好，因为每个人都会这样做，但是他的手依旧忙着在他办公桌的抽屉里找着什么东西，说道：

"你现在不是应该在教室里上课吗？"

"是的，但是我今天不能给学生们上课了。"

如果我没说错的话，这是他第一次停下忙碌的右手，悄无声息地搭在桌子上，把全部注意力转向我，我注意到他是在挑我的毛病，因为他的瞳孔突然间收缩，眉毛向上挑了一下。他从椅子上站起来，拿起眼镜戴上，围着我转了一圈，很显然他在闻我身上的味道，寻找一些犯错的证据，比如他猜想会在我身上闻到肮脏的贫民窟里所特有的浓烈酒味，但是，他当然什么也没发现，回到椅子上，眼睛仍然盯着我，我同情地看着他那失望的样子。我差点儿就脱口而出说我沉醉于一个女人，一个叫艾斯玛的女人，他想要挑的毛病藏在我的心里呢。

那天我临时请了假，没说具体原因，校长毫不犹豫地就准假了。在走出办公室的时候，我瞥见他的右手又开始忙碌起来，挥笔在纸上写着什么，我十分清楚他是怎么写我的：猩红的双眼，穿着未熨烫的衬衫，趔趔趄趄地站在他面前。大家都知道这是醉酒的状态，但他们不了解还有另一种醉，那是恋爱的沉醉。我已经沉迷其中，不能自拔，但是校长的怀疑也并非无益，至少在我离开他办公室的那一刻，我已经提醒自己：衣冠不整、趔趔趄趄将会使我失去一切。我想，如果我以这样的状态去花园区卖房子的女人那儿,她定会把我当成乞丐,她会发现我是那种根本不配商讨买房的人,也许她还会把我扭送到警察局,指控我骚扰她。

我坐上了第一班通往平民区的公交车,车里基本是空的,这个时间通常是平民区的居民涌向市中心上班的时间,所以反方向的交通就显得极其顺畅。我进了家门,听见贾法尔声嘶力竭的哭声,哭得极其可怜,还有阿芙拉的叫喊声,她试图哄孩子,不让他继续大哭下去,这会儿哥伦布不在家,他肯定去上班了,没准儿又在那儿毫无原因地大笑呢。

在我破旧的木箱子里,我找到了一件合适的衣服,衣服上充满了樟脑丸的刺鼻气味。人们在保存衣服时通常习惯放几个樟脑丸,防止衣服被虫子咬。我挑出的这件衣服,特别像"高级乞丐服",我在衣服上喷了点儿廉价香水,来掩盖樟脑丸的刺鼻气味,然后穿上了它走出家门,坐上一辆返回市中心的公交车,然后乘出租车去花园街区。我特别注意远离那些可能会破坏我优雅形象的人,比如生疥疮的乞丐、嘴里叼着烟的老头儿等。当时快到上午十点钟,我从市中心乘坐一辆出租车,到达了花园区那栋准备出售的黄色建筑前。一路上,司机师傅唠唠叨叨地说个不休,他说他本该做出租车司机协会的主席,但是他的同事因为心生忌妒而拒不推荐他,我惊恐地注视着他,发现在谈论同一个话题时,他远不是之前那两个司机的样子。到达目的地下车后,我仔细端详着眼前这栋美丽的建筑,令我心痛欲裂的是,上次来时原本开着的门现在上了锁。我心急如焚地四下张望,写着"房屋出售"的那块牌子也不见了,我冲到门前,猛敲了几十次门,都没有人回应。

发生什么事了？到底发生什么了？

我问自己，却没有找到答案。

路上有很多女人走来走去：有面带微笑的，有哈哈大笑的，有背着皮包走路像羚羊一样婀娜多姿的……我举步维艰地走在路上，发现了一个名叫"卢娜格"的女士裁缝店，还有一个名叫"哈那"的幼儿园，这个幼儿园不像科普特人卡德斯经营的那家，卡德斯利用职务之便俘获了皮肤白皙的玛利亚的芳心，我还看见了一幢几层楼的大建筑，上面用俏皮的字体写着"周六疯狂夜"，我记得这是一部舞蹈剧的名字，主演是约翰·特拉沃尔塔，这部影片在市影院上映后，他就在那段时间名声大噪起来，而且受其影响很多年轻人都成了街头舞者。

我漫不经心地四下观看，发现两个穿着蓝色制服的警察突然从一辆车上跳下来，抓住一个看起来像是个用人的埃塞俄比亚女孩。她不像是花园区的人，她的衣服脏兮兮的，一直哭个不停，警察推搡着她往前走，把她押进车里，路上没有围观看热闹的人，大家都自顾自地走着。

这件事情要是发生在平民区，过路人肯定都会停下脚步，车辆也会停下来，争相询问发生了什么事，然后就编造关于这个女人的各种离奇故事，她的身份也会被人传得五花八门：有些人会猜测她是个小偷，有些人会说她是个妓女，还有些人会说她是个在外谋生的劳工。

某个时刻，我突然出神了，似乎听到有个声音在对我讲话，我注意到确实是有人说话。令我感到惊讶的是这个人竟是铁匠比尔太·拉吉，白皮肤玛利亚的哥哥，玛利亚现在走在路上不再是那种软绵绵的、杨柳细腰的模样，她已经和卡德斯·卡尔亚古斯订婚了。

他看见我出现在这个不常来的地方时,并没像我预想中的那样吃惊,甚至都没有问我为什么会来这儿,这要是换了平民区的土著,一定对此刨根问底,穷追不舍。他气喘吁吁,快速地和我说了几句话,我闻到了他身上散发出来的烟味。他说他未来的妹夫卡尔亚古斯,已经动用了最广泛的人脉,给他在花园区承包了一份好活,给一个现代化建筑安装门窗。他絮絮叨叨说的那些话跟我一点儿关系都没有,我没仔细听,反而特想诅咒他,诅咒他的妹夫,还有他那个走在街上就像得了软骨病的妹妹。铁匠似乎没有察觉到我的反应,也没有瞥见我的手指正在战抖着。他最后说道,他妹妹想要从平民区里搬出去,住进一个符合她身份的街区里,她会说服她的丈夫搬家。事实上,我根本不清楚她是什么身份,我知道的是阿尔拉吉家族是科普特人一个普通的社会阶层,没有什么发家致富的门路,只有一个继承下来的铁匠铺由他经营,极尽艰难地谋生。他妹妹倒是有几分姿色,也许这就是她所谓的身份地位吧。就在我以为他要离开,为我独有的苦楚腾出地方时,他又回来重新给了我一击,他问我是否听到新的消息。

艾斯玛,你是知道的,除了你的消息外,我不热心听任何事情,我的脑海里只有你的影子,不管我身处哪个花园,我连鸟儿的歌唱都不会去听。

铁匠会和我说什么呢?谁把谁杀了?铁价暴涨了?在哪个村子埋核垃圾了?总统扭伤脖子瘫痪了?在沙漠这个不毛之地发现石油了?……没什么事是与我有关的,可我也不能和他说我不想听任何事情。在平民区,尽管我没有显著的地位,但在他眼里，我应该还是一个不同寻常的人，要不是我的大义凛然，可能哥伦布就不会活到现在了。

他说："他们发现了卡菲尔极端组织团伙，这些人计划同政府开战，还屠杀了一些他们所谓的迷途之人，我还听说他们曾在平民区的一户人家中集会，但是我不知道是谁家。"

艾斯玛，我对我自己、对你感到惭愧，也对清白之人还有我苦难的先祖感到惭愧，我要对你说，那一刻，你从我的记忆里、我一贯的直觉里飞走了，难以留住；你在我心里留下难以磨灭的印象的那个与众不同的星期四也从脑海里飞走了；出售房屋的那个女人飞走了，她的房子也飞走了；还有整个花园区都飞走了……我只感觉自己脑袋一片空白，记忆突然成了国家安全部队的舞台，将其全部占据，脑子里出现的都是有关"小德国"还有他的团伙的事情。

除了"小德国"和他的团伙以外，再不会有什么卡菲尔极端组织团伙在平民区家中集会，那一晚，他们完全不顾我的意愿在我家集会，主啊！

我尽量稳住身体，好不在铁匠面前瘫软下去。我面如死灰地冲他笑了一下，在僵硬的微笑消失前，我匆匆地对他说："兄弟，平民区的人不会待见那群不法之徒的，作为这里的老居民，我比任何人都更清楚这一点。"然后我迅速从他面前逃离，坐上一辆出租车走了。

我还不能回平民区，哪怕只是远远地打听打听，也得确认一下铁匠比尔太的话到底是真是假。我的脑袋里满是恐惧，我无路可走，哪怕是一条荆棘遍布的路都没有。

"小德国"和他的团伙那天晚上在我家的唯一一次集会，突然之间不可避免地在我心里阴暗的隧道里种下了白色胡须，那胡须就像"小德国"和他同伴的胡须，我把它称为卡菲尔极端主义者，我也不知道那以后将会发生什么。

暗中冒出头来然后又消失的一些可以前往的地点里，阿卜杜·卡德尔在市中心租的房子出现在我的脑海中，在那里为了拿到照片我用了极其愚蠢的办法，还有他家人居住的位于遥远街区的房子、我教书的学校、法鲁格·哥伦布工作的医院、沙姆斯·欧莱位于"五月"街区的家……这些选择只比回我平民区的家好一点儿而已。我又重新回忆了一下这些选择，混乱地将它们一一排列。我坐在出租车里，司机依旧在谈论他本该成为出租车司机协会主席的事情，我根本无暇听他讲话，我发现刚才列出的所有这些选择都是不可行的。

由于某些原因，我绝不能再进阿卜杜·卡德尔的家门了，首先，我这个亲戚现在在上班；其次，我再去的话可能会导致他离婚，他现在仍在蜜月期呢。他父母家我也不能去了，那里有他正处于青春期的妹妹，他妹妹先前离家出走，后来又被强行押回来，他们现在肯定正对她严加看管，远离陌生人。那个医院，很容易就会被找到的，也不是好的藏身之处。至于我工作的学校，当然我是最先想到的，但现在那里一定给我安插了各种莫须有的罪名。沙姆斯·欧莱的家我不知道在哪儿，没去过他家，以前他经常因为经济原因来我家，因为他有摩托车。

然后呢？

我想起了我父亲的那些朋友，有的已经过世了，有的还活着；想起了我母亲所有的女性朋友；想起了出现在我生命中的一些乞讨者；我甚至还想起了小时候极少去的贫民窟，长大后更没怎么去过；我想起了亲人葬身的坟墓；我想起了布哈里，记忆中他拿着一个不知装了什么东西的破包逃跑了，导致我在黑暗的牢房里度过了一些时日，然后身心俱疲地从里面出来。我思绪万千……司机突然将车停在路边，问我：

"兄弟，你去市中心哪里啊？你还没告诉我你要去哪儿呢。"

艾斯玛，我真不知道自己要去哪儿，我四下看了一眼后大吃一惊，我们刚好停在一幢四层白色建筑前，虽没有指示牌，但我很清楚这是什么地方，这里正是国家安全局。

我来不及仔细打量司机就开始怀疑：他是安全局的人吗？我打了个冷战，几秒钟后，我从兜里掏出车费，丢给他，然后下车。我差点儿就和那些"时运不济"的人撞个正着，他们刚好从大楼里走出来，身后跟着身着制服、行为粗鲁的人。真正让我恐慌起来的是所有这些人都留有浓密的胡子，就像我的朋友"小德国"的胡子那样，我无法判断这些人是不是来我家的那些人的同伙，他们到底在不在那群倒霉蛋里，因为我的视线模糊了。

我迅速离开了那个地方以免被发现，我蹚过一摊死寂的黑水，气喘吁吁地跑到了离那儿不远的象棋俱乐部的建筑旁，不假思索就进去了。我发现这个厅比我家的客厅还要狭窄，四周有一列房间，大厅的一个角落里有一张小桌子，旁边坐着一个中年男人，全身挂满了奖牌和奖章。

艾斯玛，我听说过那个人，可以说他在城里无人不知无人不晓，甚至是偏远地区的居民都认识他——库莱西，他根本不是什么家喻户晓的象棋冠军，甚至连如何打开卷起的纸牌他都不清楚,更别提怎么移兵,如何跳马,怎么杀将及加冕的国王。他是个疯子,他偏执地想象自己是世界冠军,然后自己制作奖章自己佩戴,他每天早上都来,就坐在那张桌子旁,等待那些慕名而来的人向他索要签名。

如果与我陷入爱情这个难题相比,同不知道多大规模、不知如何描述的国家安全局这个难题相比的话,坐在这个沉迷于智力游戏的疯子面前,于我而言,根本就不算事儿。

我的兜里没有纸,这个地方也没有纸,我决定牺牲一下我的衣服,我把衣服的一角拽起递给这个男人,让他签名,他已经得意地笑开了,顺手拿起一支笔在我面前示意了一下。

他拿着笔在衬衣上挥舞着,突然问我:

"你知道弗拉塔梅尔·克拉姆尼克、鲍里斯·斯帕尔克、鲁斯兰·本·鲁夫吗?"

我真不知道这些人,即使知道,在这样紧张的时刻我也想不起来。这些名字听起来是俄语名,很容易猜到他们是世界象棋冠军,这个疯子将这些人的名字记住,适时提一下,给人感觉好像他对象棋界了如指掌,进而宣传自己。

为了避免我们之间发生不必要的争吵,我回答说:"知道。"同时,我的眼睛盯着出口处。

"在比赛中,那些蠢货根本不知道蚂蚁和蟑螂的区别,我在他们的房子里通通将他们击败,他们要求在我的房子正屋和我玩,非常遗憾,我的房子没有正屋,我是世界冠军。"

我在恐惧中强颜欢笑,或者说挤出一丝笑容,这绝不是我自己主动发出的,要么是害怕疯子的脾气骤变,要么是为了礼貌地回应恐惧的状态。

库莱西又回到了桌子旁，他的手指在桌子边上签字玩着，事实上那上面已经被签得密密麻麻，没有空隙了，他还要写上一些新的，也在生锈的铁椅子上写。我又开始默默地坐着，眼睛仍然盯着出口处。

三四个小时过去了，我还在那个厅里，我在思考除爱情以外的一切事情，我甚至在想我是在女人之事上的卑鄙小人。将近下午四点的时候，真正的象棋爱好者要来练习了，他们会看见我茫然地坐在与我无关的位子上，我决定不管发生什么，都要做个正确的决定了，我要回到平民区的家里去。

我第一次蹲在黑暗的牢房里是为了我的哥哥布哈里，我因失踪的哥哥而惹火上身是理所当然的，为了他，我忍受着牢房里无边的黑暗。而这一次，我将为了你去死，我想这是我不可推卸的责任，我甚至会为了你说服我自己做个正确的决定。我从象棋俱乐部里逃出来，一开始故作镇定地以平常的步伐沉稳地走着，然后就开始一路小跑，我向安全局大楼前走近了一点儿，看见一些时运不济的人，还有穿不同衣服的人，他们进进出出，我还看见以反对女子割礼而著名的女革命者都尼亚，她在很多演讲中都指责当局要承担近些年进行割礼的数百万女性性冷淡的责任，那一刻我看见她被押着走进大楼里，其中的一个人揉皱了她的诗，撕掉了。

当这个地方安静下来后，我鬼使神差地决定亲自去安全局，与其一个人这样胡乱猜测，倒不如快刀斩乱麻去问个究竟，于是我放弃了回家的念头，转而自信地从狭窄的小门走进去。门很矮，只有弯下腰才能进去，进门后我一抬头，迎面对着一个光头士兵，他正坐在一把新式转椅上，面前几部电话不停地响起,一个收音机也在播放着什么,突然见我这样一个不速之客,他动作敏捷地下意识地拿起武器,但并没有瞄准我。

"先生,您有事吗?"他问我。

我没说话,从兜里拿出身份证递给他,然后对他说:"我想请您帮我确认一下我有没有被传唤。"事实上,说完这句话的时候,我自己都感觉他肯定很蒙,可能很少遇到我这样疯子般的行为。

他看了一眼我的身份证,看了看我,又看了一遍身份证,再看了看我,然后拿起身边的电话,将我的身份证号码告知另一个人,稍等了一会儿,他回来没好气地对我说到目前为止我还没被传唤过,不过,如果我不及时离开的话,也许过一分钟就会有人找我了。他的回答足够让我轻松地出一口气。

开始时,我从大楼里出来,走在路上,本打算自己去公交总站,然后坐车回平民区,可突然间你的影像一下蹦出来,它从早晨就逃离了,现在重新回到我的大脑里,使我改变了自己的想法。我要再一次回到花园区,我要找到那个卖房的女人,只要你住在那里,我就要找到你,只要你是一朵鲜花,你就一定住在那里,只要你是那里的花朵,你就是真实的而不是虚幻的。我一定要弄清事实,即便那是痛苦的,若是我再一次碰上铁匠比尔太,在他告诉我他们找到了卡菲尔极端分子去过的家之前,我就先堵住他的嘴。我完全没意识到我那点儿可怜的工资都花在打车上了,我拦了一辆车,车一开动我就跟司机主动搭讪:

"你是不是本该被推选为出租车司机协会主席,但同事因为忌妒而没选你?"

司机惊讶地打量着我,连连说道:

"是是是,你怎么知道的?"

"猜的。"我回答说,我得意于摆脱了那句最无聊的话,那些天我总听到的话。

第十一章

我一整天都没着家了,当我终于回来时,夜幕已经笼罩了平民区。

公车像往常一样停在那个尴尬的地点,我没有丝毫恐惧地走在路上。其实这个地方在整个白天一直到天黑以前,都是车水马龙的,而在那个点,行人、来往的车辆都销声匿迹了,取而代之的是悲伤的利刃。

回想今天在花园区度过的那几个小时,我像是嘴里含着火炭一样,焦急难耐,找不到一口水来将它熄灭,因为我当时不确定自己有没有被安全局传唤,我谁也不怕。问题是,当我终于战胜内心的惶恐时,你突然也消失不见了,我就更六神无主了,所以才决定亲自去安全局问个究竟,好在,把我从安全局大楼扫地出门的士兵已经说了,直到那一刻(我站在他面前的那一刻)我都没被传唤。

之前要出售的那栋二层黄色建筑上了锁,没有张贴出任何说明,估计门锁也被换掉了;写有醒目大字的牌子也从铁柱子上撤走了。我在妇女缝衣店门口等了两个小时,没胆量进去,最后裁缝把门锁上了，还声色俱厉地告诉我说他在街区的任务就是剪裁女士衣服，而不是房地产商的掮客，他根本不会去打听黄色房子到底是卖了，还是仍在出售中。

裁缝的助手是个标致的美人，褐色皮肤，身材娇小，很是引人注目。当我问她是否可以帮我引荐那套房屋的女主人时，她暴跳如雷，吼道："你以为我是替人拉皮条的吗？"听到这话，我当时都蒙了。一个上了年纪的卖菜小贩，开着一辆敞篷丰田车，车跟在顾客后面每向前行进几步就停下来，当一个上了年纪的傲娇老太问他问题时，他啥也没回复，而我根本没吱声，他反倒抢先对我说："我们不需要用人或园丁，施舍给穷人的钱只有在节日的时候才有。"一群孩子正兴高采烈地玩着捉迷藏，我加入他们的游戏当中，跟他们打听认不认识艾斯玛姑妈，孩子们惊恐地从我面前跑开了，这时一个如花的女人从一户人家里走出来抱紧一个孩子，从她的眼神里我分明看出她怀疑我是拐卖儿童的人贩子。

我不得已在街区里换了好几个地儿，走在街上，拐了好几个弯，才找到一家快餐店，走进里面坐定，我不知道那稀奇古怪的菜单上写的是什么，我的记忆一次又一次地回到黄色建筑前，翘首企盼，却无人开门……

我在一条街上看到一个石墙围起的小花园，可能是供家庭聚会的公共场所。夜幕快要降临时，我走进去，想在里面稍事休息。从早到晚，我为了追寻所谓的爱四处奔波，早已累得筋疲力尽。公园里的灯光有些昏暗，园艺工人们有点儿无精打采，有的在挖坑，有的在浇花；青春貌美、身材苗条的姑娘们笑逐颜开地追赶着蝴蝶。我在昏暗的角落里找到一个空位坐下来，思忖着我当前的处境：

一个普通的教师，原本可以踏踏实实地去过他的小日子，虽然挣得不多，至少糊口不是问题，但偏偏不惜放弃一切去追求他一见钟情的人。然而，被追求的女人却对这一切浑然不知，倘若哪天偶然遇见，女人知道了有他这样一个人的存在，将会是一种怎样的情形？

我普通至极，却偏偏要追求一个高不可攀、很可能永远也追不到的幻影，也许我要翻山越岭，历经千难万险，战胜毒蛇巨蟒才可以得到这一切。

正当我陷入沉思之时，一个绿色弹力球滚到我脚边，是一个穿着鲜艳衣服的白净的小男孩踢过来的，我随脚踢了一下，球滚进了小水池里，小男孩"啊"地叫了一声。他拾起球，又拿给我，我用地上散落的透明树叶将球擦干净，递给小男孩，他看上去也就五岁左右的样子，我问他：

"孩子，你姑妈艾斯玛在哪儿呢？"

"在那儿。"

男孩向一群女人扎堆儿的地方指了指，我仿佛听到了她断断续续的笑声。我起身，感觉有些不可思议，男孩继续大声喊道："姑妈……艾斯玛，姑妈……"

艾斯玛，真是太不可思议了，我跟在男孩身后大声喊："嘿！艾斯玛！嘿！艾斯玛！"我根本不知道你究竟是不是他的姑妈，居然还跟着男孩一起喊，即便这样，我也不认为自己是个兴奋得忘乎所以的疯子，如果你真是他的姑妈，会相信在你面前狂奔的这个白痴一直傻傻地爱着你，期望成为你的爱人吗？

人群中的一个姑娘起身,缓缓向我走来,她是一个埃塞俄比亚女佣,昨天我就注意到这个街区有很多埃塞俄比亚女佣,那个姑娘身着白色衬衣,头上包着红头巾,举止优雅。

小男孩说道:

"她就是我姑妈艾斯玛。"

我连忙上气不接下气地说:

"刚才有一只猫,我担心他害怕,就把猫赶走了。"

可实际上,我已经"侦察"过了,花园区里的猫个个体型匀称、性情温驯,跟人都很亲近,根本没有那种看了之后令人毛骨悚然的,一点儿都不像那些下三烂街区的猫。艾斯玛,这真是太讽刺了,我竟然在讲这么荒诞的一个理由,如果对我过世的母亲说她倒霉的儿子以这副模样出现在一个他之前没去过的街区,她在天之灵都不会高兴;若是有人对我莫名失踪的哥哥布哈里讲,他的兄弟失踪了,那他一定不会再逃,而会回来自首,落入漆黑的狱中;若是新校长知道了他的化学老师根本不喜欢他,他一定会气得发狂,当时就会把我驱逐出校。

这最后一点沉重地打击了我的士气,那就是我将会在教育的殿堂里被驱逐出来,那个我一待就是十五年的地方。我下定决心绝不会让这样的事情发生,近期我会自己主动离开,而不是受校长或其他人的驱逐,我把它称为"爆发时间",我将厚着脸皮站在校长的桌子前,迫使他那一直忙碌的右手在我没写任何理由的辞职信上签字,我不用写什么理由,如果同事们问起我,我会说我要移民到其他阿拉伯国家来改变一下我的生活境遇,他们会相信的,因为我已经照了护照照片,这件事已经在学校里疯狂传开了,甚至我的学生私下里给我起外号叫"沙特人"。

女佣的言行有些傲慢无礼，与她的"职业"性质相去甚远，她说：

"别碰孩子，就算被猫咬了，我们也乐意。"

她自大就让她自大去吧，我尴尬地回到角落的位置，那一刻，我本打算起身离开那个地方，但突然想到了夜的感觉，我喜欢黑夜，期待夜幕降临，若是给我一个早晨，会怎么样，我也不知道。我的老朋友，宗教人士"小德国"突然站在我面前，他总是这样神出鬼没的。

"小德国？"我激动地喊出了声。

"请称呼我谢赫阿布·萨哈布。"

"谢赫阿布·萨哈布？"

这个响亮、受人敬仰的名字简直是对像马哈丁这样的人的讽刺，他只不过是个勾引女孩的轻浮之人，是一个没有小说作品的小说家。

夜幕已经完全降临了，如花少女们都各自散去回家了；玩球的男孩也已经跟着埃塞俄比亚女佣走了，我不明白这样一个女佣怎么配叫艾斯玛，这名字给她真是太可惜了。

我听见一个声音从我身后幽幽传来，说话的人是爱资哈尔，他是和"小德国"一起来的，俩人嘴里都叼着牙签，我看见爱资哈尔从兜里拿出一把手枪，又放了回去，这一幕简直要把我吓死了。

发生什么事了？我有麻烦了？我成了陷入迷途的人？

"阿布·萨哈布"，我不知道这是他自己起的名字还是他的下属给他的称号，原来的名字已经叫了三十多年了，他面部没有一丝笑意,我们站在光线微弱的灯光下,我能分辨出他是沉默的,脸上露出了恐惧。

"兄弟,我们并不想把你怎么样,但是你陷入迷途了,你去向真主悔过去吧,向真主忏悔……忏悔。"

他看起来很不自信,有点儿急切慌张,说话时一直四下张望,而且声音也有些战抖,这可真不像是要向政府宣战的人该有的模样,爱资哈尔的手放在藏枪的兜里。这时,公园里一个身穿制服的保安向我们走来,我百感交集。

突然,他俩从我面前消失了,消失在夜色中,我没有什么要问的,也没什么可说的。

这一次他们还是没能伤害到我,虽然他们说我是陷入"迷途之人"。爱上你,是"小德国"能用于指摘我的唯一把柄,如果这种爱本身不算是误入歧途的话,那么他们说任何话都伤害不到我。在我看来,他才是所谓的陷入"迷途"群体里最危险的人,如果他所宣扬的社会斗争的论调是经得起考验的,那么他就应该无所畏惧,即使警察来逮捕他,也不应该逃跑或是在公园里黑暗的地方藏起来。而现实的情况是,走过来的只不过是一个一贫如洗、无权无势的保安,他和他的同伙就吓跑了,我估计他们可能找了个洞藏起来了,也很可能会去萨哈利吉区找个酒馆喝上一宿。

倘若我再见到"小德国",我绝不会叫他阿布·萨哈布,我会跟他从头到尾、清清楚楚地介绍一下你——我一见钟情的人,我不允许他误解你、中伤你。

公园保安的脸色很难看,他还没开口询问,我马上抢先说道:

"我这就走。"

我对要载我到市中心的出租车司机说：

"兄弟，别垂头丧气的，他们没推选你当出租车司机协会主席，你也别当回事儿，人们之间心存忌妒很正常。"

我没有转过头去看司机的反应。

若不再发生其他变数，我觉得这件事也就到此为止了，因为"小德国"和他的团伙的确能言善辩。

我回到了家，站在家门前，一切都和往常一样：我母亲用了多年的三口瓦缸碎了，水淌了一地；遇上你之后我种的几棵海纳树已经长高了，郁郁葱葱，绿意盎然；要不是我回来晚了，家里肯定交织着贾法尔的哭声、阿芙拉的喊声、哥伦布的笑声。唯一和往常不同的是，我的另一个邻居哈雷姆，那会儿刚好从路边经过（上次见他还是在九个月之前），他脸上那有些离谱的长胡须尤其引人注意，像极了陷入麻烦的"小德国"团伙里的人（我也因为被迫允许他们在我家开会而被牵连进去了）。哈雷姆以前和本地部落的一个女人结过婚，后来因为他一连数月漂泊在海上，他的妻子就走了，他退休以后，我没听说过他再婚。我俩虽然住得很近，但是就好像互相隔了十万八千里，丝毫没有近邻的感觉。

我轻敲哥伦布家的门，一来想通过他开门时脸上的神情，判断一下是否有人来查问过了，二来也想侧面打听打听除了铁匠比尔太，平民区的其他人是不是都已经知道极端主义者曾在这儿的一户人家集会过的事。终于，他打开了门，依旧穿着他那脏兮兮的内衣。前面我已经说过了，他所谓的"生活大讲堂"已经不是每天都有了，所以在家里他就更加不修边幅了。

他一看见我就狂笑起来，一边笑还一边用脏兮兮的衣袖去擦笑出来的眼泪，就好像他看见我脸上沾了脏东西。他的笑极不寻常，像是有一个隐身的魔鬼专门训练他的声带，使他笑到能获个大奖的程度。此时屋里虽然灯亮着，但仍然黑黢黢的，他妻子阿芙拉问他是谁在敲门，哥伦布笑着，大声回答说门是自己响的。

艾斯玛，说真的，对于他这种无聊之人，我已经见怪不怪，习惯了他在我面前胡言乱语，甚至有时即使他在我身边狂笑不止，我也尽我所能，艰难地创造出一个只属于你和我的与世隔绝的世界来忽略他的存在，但这一刻不一样，我迫切地想跟我这个近邻确认一下是不是有人来查问我，我都遇到这么大的麻烦了，他还有心思笑，你说我能不生气吗。我说道：

"哥伦布，行了，求求你了，别再笑了。"

他愣了，瞪大眼睛，好像是初次见到我，吼道：

"之前有一只小狗和一只大狗来找你，我和他们说你在睡觉。"

说完又大笑起来。

那天晚上，我想了好久，尽管发生了那么多事情，但我最后还是决定把"小德国"的事完全抛到九霄云外，就当它从未发生过，不再想它，因为无论是白天我不在家的时候，还是我回来以后，安全局的人都没有人来查问过我，我就没有必要再庸人自扰了。哥伦布所说的"小狗"和"大狗"，其实是指我的学生和他爸爸，这事我也是后来才知道的，因为他们后来又来找了我一次，说希望我能给孩子补补化学课。

那会儿我当然没有心思教正课，要是让我教教爱情课、痛苦课、失眠课还差不多，这些课随时都有，哪怕天亮了也无休无止，但我还是找了个冠冕堂皇的理由，告诉那个学生和他父亲，他们已经错过时间了。我意识到自己的回答好像有点儿"壮志未酬身先死"的意思，只是这里的"壮志"要加个引号，是指我的"爱和思念"，我担心自己像我所了解的恋爱前辈那样，还没有来得及好好享受完美的爱情生活，就死去了。同时，我也坦诚地跟学生和家长说明白了：我不热衷于补课，自打当老师以来就没给学生补过课，如果什么时候我改变主意了，一定会告诉他们。

我想那个父亲已经注意到了我的眼神有些飘忽不定，也看见了我这个凌乱不堪的家。是的，自从阿芙拉不再来给我收拾打理之后，这个家就更一文不值了，我身上穿的衣服就像清洁工穿的，我还随时把它当毛巾用，来擦擦眼泪什么的。我估计学生的爸爸也改变了主意，站起身，感觉他最后一句话都到了嘴边，又咽了回去。

我能猜到，明天学校里将传开一个新的消息，那个学生（哥伦布称之为"小狗"的那个）会对他的同学们说，化学老师家的客厅里，爬满了大大小小的蟑螂，吓得他胆战心惊，还感觉很恶心……我确信，学生们在背地里又会给我起个新绰号，之前已经有学生叫我"沙特人"了，"去沙特"本来是我当时为了搪塞他而找的一个借口，可他信以为真，还在学生之间传播开去。

那一晚，我乐观地做了很多决定，有一些是凭借我的直觉做出的，还有一些是经过深思熟虑做的。艾斯玛，虽然我对你的情况知之甚少，但我知道你的星座是哪个，我试着将咱俩的星座分析了一下，发现不太合，我心凉了一半，但以我的个性，我绝不会允许这种失望击倒我。

你的星座是摩羯座，我绝对不会弄错的，摩羯座女孩，也叫"爱的微笑"，第一次见你时，你的确露出了好多次爱的微笑。我花了几个小时的时间认真看那本有关星座的书，研究摩羯座，我记得这本书还是当时去阿卜杜·卡德尔家时，路过"国民"书店时买的，以前从未打开过。关于像你一样的摩羯座女孩的特点，书里是这么写的：务实，有远见，偏爱蓝、黑、灰色，有点儿枯燥乏味，但是你的外柔内刚通常会强烈地吸引金牛座、处女座的人，一般你会花很长时间，犹豫踌躇、四处寻问、战战兢兢地接受像我这样的白羊座的人……在我这里，这些都不是问题，永远都不是，就像我一开始对你说的，我不对这份爱过多地苛求什么，哪怕它就这样毫无希望地持续着，我也不介意。如果这个爱情故事有个幸福美满的结局，我一定会高兴死；若是它以爱情的本来面目撕心裂肺地结束，我活着也没多大意义，不如就跟爱情一同死去。我这样一个情人，还够格吗？

快晚上十点了，我仍然在专心研究这本书，研究你的星座。书里说，白羊座男士在摩羯座女孩面前，会显得黯淡无光，不能引起对方的注意，于是我试图从你的星座上偷走一抹星光，来驱散我星座里的黑暗。

突然，我好像听到有人在喊我的名字。起初，我还以为是哥伦布叫我去他家，帮他和阿芙拉进行理论，但再仔细辨别，确认不是他的声音，于是我出门走到街上，没发现任何人，回到屋里，又听到有人喊我。

此刻，我突然惊醒了：我感觉自己应该是进入了走火入魔的思念阶段，越发反省自己不是一个称职的情人，甚至悲观地认为自己无足轻重。我冷静了几分钟，试图让自己紊乱的神经平复下来，这时我发现喊声不见了。艾斯玛，我答应你，我一定调整好自己，保证见到你时，我是正常的、理智的。

自从饱受失眠困扰以来，我亲身感受到了黑夜带来的一切，我也习惯了只有到十万火急的时刻才做出重要的决定。有那么一会儿，我好像马上就要入睡了，突然一个念头闯入我的脑海：我要永远地放弃化学老师这个职业，然后找一份能距离你近一点儿的差事。这个想法我其实已经酝酿很久，但是一直不敢轻易地做决定。现在，我想清楚了，只有辞职，才能让我有更多的时间和精力找寻你、接近你，于是，我开始考虑一份适合我俩的工作……我何不在花园区开一家巧克力店呢？

因为在花园区闲逛的时候，我发现那里的商贸活动门类相对齐全，但唯独没有甜品店，但这个想法马上又近乎破灭了，我苦笑了一下，自言自语道："开个甜品店，资金从哪儿来呢？我甚至连做一个卖衣服的商人的本钱都没有。"

第十二章

一大清早，整个平民区还没完全从睡意中醒来，"小德国"和他的团伙集会地点的谜底就在全市范围内传开了，家家户户、街头巷尾，人尽皆知。令我诧异的是，非法集会地竟是幼儿园园长科普特人卡德斯·卡尔亚古斯家，也就是那天跟我神秘兮兮地谈起此事的铁匠比尔太·拉吉未来的妹夫家。据我观察，比尔太可是热切盼望着他妹妹早点儿嫁出去，得到她应该得到的一切，了却他的一桩心愿。

我一路小跑到卡德斯家，想去探个究竟，法鲁格·哥伦布跟在我后面跑，比我还急于了解事情的真相，以至于当他看到平民区里的公驴一声声嚎叫，引诱街上被拴着的可怜的母驴时，都没空笑了。

当我俩气喘吁吁地跑到那里时，眼前的一幕更是惊得我们下巴都快掉下来了：卡德斯家挤满了像我们一样想一探究竟的人，狭小的庭院、客厅里，甚至是他家房顶、邻居家的房顶上到处都是人，而卡德斯兀自站在拥挤的人群中，尽管天气炎热，他还是穿了一套黑色正装，打着红色领带，旁边站着杨柳细腰的玛利亚，长长的耳环从她的耳畔垂落下来，卡德斯未来的姐夫——铁匠比尔太也站在那儿，还雇了两个用人，在人群之中艰难地挪动着，给他们分发糖果、柠檬汁，就像在招待贵宾。

平民区这是怎么了？

科普特人卡德斯怎么会如此殷勤地招待这些他所谓的"迷途之人"？而且还是在曾秘密集会的家里招待这些人，难道他们不是他的眼中钉吗？更奇怪的是，卡德斯不但没被关押到暗牢里去，反而谈笑风生，嘴里一边嚼着烟草，一边大声地招呼着各位尊贵的女士、先生。我没有嗅到他周围有什么危险气息，或者有什么可怕的阴影笼罩着他。

这是怎么回事？

艾斯玛，如果你知道了真相，就会感慨这个故事太老套、不值一提了。它可能永远不会发生在花园区或类似的高档街区里，但在平民区，这样的事比比皆是，住在这里的居民早就见怪不怪了，所以很可能在它还在发酵期就将它吞噬，然后就成为记忆。

原来，在"小德国"及其团伙最初去清真寺宣扬主道时，卡德斯就知道了，于是他在清真寺前后徘徊，穿着长袍，缠着头巾遮住脸避开大家的注意，找机会跟着混进去，偷听了他们的宣讲内容，根据他的推测，这些极端的想法肯定早晚会危及个人和国家的安全。卡德斯嘴上带着胜利者的微笑讲述着这件事情的来龙去脉，而我已经能从他的讲述中还原"小德国"和他的团伙那天从我家出来后发生的一切。故事一定是这样的：他们从我家出来后，卡德斯拦住他们，介绍说自己是一名新的正道者，想要了解更多关于新宗教的知识，并且愿意将自己家狭窄的客厅让给他们,以便随时过来集会,因为自他妻子死于交通事故后,家里就没有女人了。从那以后,他就经常和他们待在一起,驾轻就熟地秘密工作着……如卡德斯所说的那样,为了避开平民区居民的注意,他甚至没有告诉未来的姐夫铁匠比尔太和他那杨柳细腰的妹妹,只是及时地把这些信息都通报给当局了。

根据卡德斯的描述,有一天,"小德国"这帮人告知他,一些不畏真主的水手们从海上运来一批西方黄金,尤其受到黄金商的欢迎,因为其物美价廉,市场销路很好,但卡德斯知道非法贩卖黄金是重罪,于是百般阻挠,这引起了黄金商的不满。他们抓住卡德斯四岁的女儿,拿一个厚袍子将她捂住,只露出两只眼睛,并声色俱厉地命他关闭投入巨资的幼儿园,以免园中有些早熟懂事的孩子走漏了风声,那种敏捷的身手,我估计国家招募的新兵都无法企及。在这危急关头,卡德斯赶紧向已经守候在此的当局人员报了案。

"小德国"和爱资哈尔,两人幸运地逃脱了法网,其实也是很偶然的,因为他俩中有一个觉得头痛欲裂,所以决定去药房抓点儿草药,另一个人就陪着去了,就在这个节骨眼儿,团伙的其他人都悉数落网。还记得我彷徨不安地站在国家安全局大楼前,清清楚楚看见的那些倒霉的人吗?应该就是他们了。

浓重的烟圈从铁匠比尔太的鼻孔里散出来,缭绕在本就狭窄的客厅里,旁边站着皮肤白皙、杨柳细腰的玛利亚,我真担心她会倒下。比尔太说:

"领袖,真主祝福你。"

卡德斯接受祝福,并一本正经地说:"主就在我们身边,指引我们走上正途。"

然后他低声吟诵教堂的赞美诗，从墙上的柜子里拿出一个光面的纸质证书，四边烫金，这是当局昨天在一个特殊的非公开的庆祝会上颁给他的。他把证书一一呈现给大家看，然后把它拿给比尔太，让他递交给外面的人看，不幸的是，人们没能关注到事件的焦点，证书上面写着：献给聪慧的国民卡德斯·卡尔亚古斯，为您揭发叛徒提出表扬。

受未来妹夫的鼓舞，铁匠也宣读了一个小的手写体纸质册子，不像是公告，应该是传单，这是由安全机构颁发的、继唯一一部宣传册——领袖纪念册后的另一个册子，上面写着：没什么能够替代主道，践行主道，获此证书。

艾斯玛，我捧腹大笑，坦率地告诉你吧，尽管我有那么多苦楚，但是在那一刻，哥伦布那恬不知耻的笑声，有一部分钻入我的喉咙里来了。哥伦布已经笑得躺在地上直打滚儿。

令我更为吃惊的是，那些像"小德国"及其团伙的这类穷凶极恶之人，掉进了科普特人所设的圈套里，只凭借他宣称自己是新得道者，而他们并没有调查他是否真的如他们毫不迟疑地授予他"聪明能干的人"的头衔那样。

若是我的邻居，以前做水手的哈雷姆设下的这个圈套，我是不会感到惊讶的，因为昨天我看见他的新胡子与这样的困境很是相符。同样地，如果是法鲁格·哥伦布设下的圈套，我也不觉得奇怪，因为我知道他在家里开设的"生活大讲堂"，如果内容稍有偏离，或者将意义反转一些，有一些课程是可以被列进极端主义思想的。但令我烦恼的是，事情超乎了我的想象，作为已经发生的事实，我没有异议，也不能佯称说它没有发生过。尽管没出现在庆祝词上却最深得我心的一段话是：没有人谈到在我家召开的那唯一一次且违背我意愿的会议。我捕捉到卡德斯那特殊的眼神，时不时地落在我身上，或者他走近我，将手搭在我肩上，微笑着，却什么都不说。

我离开了所谓的爱国者的家，朝自己家走去，卡德斯仍在他的客人中间继续自己的庆祝。我听见他高亢的声音反复问道：我亲爱的人们啊，你们知道"精明能干的人"是什么意思吗？

我要洗个澡，换件衣服，然后去学校，不是为了去教那些或聪明或愚笨的学生，而是让自己从教育界里永远地退出来。我一直等待的这个决定终于到来，我多次承诺自己该爆发了，现在是时候兑现诺言了。

那天早晨，沙姆斯·欧莱，或者说新阿绥姆极度忧虑不安，他以新名字出现在未婚妻家后，女方的家人终于同意了婚事，并确定了婚期。每月那点微薄的工资，他根本攒不下钱，在某种程度上，在那些有钱的女婿面前，他脸上很是没有光彩。他母亲从国家中部的一个山村来了，如我所说，从她的衣着打扮、言谈举止来看，完全是一个村妇，她东瞅瞅西看看，像是想把一切都看个遍。欧莱不得不带她去市中心的欧洲街给她换一身行头，但是这绝对改变不了一个乡下人的本质，他带着母亲去了未来的丈人家。他局促不安地擦着鞋，我和他说我要辞职，他根本没有很在意，因为他知道我陷入一场远胜于他的盛大的恋爱中，只是他不知道具体细节。

他神经兮兮地问我，如果我放弃教学的话，将来去干什么。我回答他说，我要去经商，挣更多的钱。我真没有和他开玩笑，他也并没有追问我要做什么生意，而是又从抽屉里拿出鞋油，擦了两遍鞋，然后拿起面前的剪刀，我一度以为他要给我修剪凌乱的胡子，但是他没有，而是把剪刀放回原位。

艾斯玛，若是我一成不变，还像原来那样是位化学老师，而没有成为一个痴情人的话，那我就会以一个安慰者的身份，好好地安慰他一番，竭尽全力庇护他。但是，现在我的情况比他的悲惨多了，他拥有实实在在的人，为最后达到目的而拼命厮杀，而我却只有一个幻影，在为拥有一个生命而苦苦厮杀。

我和他一起走出办公室，都一副垂头丧气的样子，他要去上课，我不知道他怎样讲今天这门课，而我要去校长办公室，劳烦他在我的辞职信上签字，这封辞职信是我昨晚写的，我热切渴望看到他那龙飞凤舞的签名。

以前，在我没有穿上完整的爱情袈裟之时，我曾考虑过把我继承的房产抵押给银行，获得贷款去经商。后来我回来了，也放弃了那个想法，首先是我对经商一窍不通，其次是我有强烈的预感，那套房子没什么价值，贷不了多少钱。

我想起了母亲生前留有一点儿金子，就锁在她房间的柜子里，如果我撬开那个柜子，拿出她珍爱的东西，在我看来就是一种对母亲的背叛，我做不到，况且，那些金子也值不了几个钱。

我思考了很多不该去想的事，我计算着自己的存款，若是我在爱情单位里工作，领取精神工资的话，那些钱足够我生活几个月的。我只需减少开支，只在便宜的饭馆儿或者在家里吃最简单的食物，不再乘坐梦想着当协会会长的司机驾驶的出租车，期望有一天能够知道当出租车司机协会会长到底有什么好。我不否认在我的女邻居阿芙拉生完孩子后，我曾想过求助她给我做饭，事实上，如果不是因为她生了贾法尔，令她每天忙得焦头烂额，她早就主动过来帮我做饭了。

我站在校长办公桌前，盯着他的手接连地打开抽屉，然后关上，似乎是弹奏了一段特殊的音乐，我说道：

"先生，早上好。"

他的回答与我第一次站在他面前时一模一样，声音像是从录音机里播放出来的一样：

"这个点你应该在上课吧。"

我也机械地回复他，但是跟以前稍有不同：

"您说得对，但我从今以后再也不教课了。"

"什么？"

校长惊呼，他的手已经停止了开关抽屉的动作，停止了奏出的突兀的音乐，似乎是在回避我的回答。

"你不教书的话要去干什么？"

"我在艾斯玛那里另谋了一份职业。"

我机械地毫不避讳地说道。我的身体没有打战，脸上也没有黄一阵红一阵。作为公立教育院校的传统型校长，他以为我在私立学校里谋了职，因为最近这样的学校如雨后春笋般在全国各地发展起来，而且付给教师更可观的收入。他从未听说过有名叫"艾斯玛"的学校，一旦我离开他的办公室，他就再也不会知道了，所以他追问更多的细节：

"这所'艾斯玛'学校在哪儿呢？"

"这儿……就在我的心里。"

我将手放在胸前，回答道。

校长默认了那个不合适的答案，或者是就那样假装默许了。他的双眼满是焦急，又问道：

"你去你部门领导那儿请示过这个问题了吗？"

"是的……我请示过我自己了，我毫不犹豫地就同意了，我就是部门领导。"

艾斯玛，那是真的，化学部只有我和沙姆斯·欧莱两个人，论资历，我就是领导，而校长肯定知道这些。但是我那些在他看起来恶劣的行为，混淆了他的认知。那天我提出辞职，这意味着大部分学生要在没有化学课的情况下读完这一学年，因为沙姆斯·欧莱，不论他多么天资聪慧，多么年轻有为，不管他怎样分身教学，都绝不可能一个人教全校的化学课。

那天早晨，校长根本不需要起身从座位上站起来，停下忙碌的右手，去围着我转，上下打量我，来挑我的毛病，因为我的问题在他全部的感官中很大、很清晰：一个教师在自己的心目中谋了一份职业。他在教育界工作的生涯中，从未碰见过比这更疯狂的事情，我猜，不管是市教育局局长还是教育部部长，都没有见过。校长拿起笔，立即在我的辞职信上签了字，以牺牲学校大部分学生为代价。也许那会儿他马上想到了解决方案，也完成了教育家在警戒社会方面的积极作用，正如我马上想到的那样，他似笑非笑地说道：

"老师，我们会很想念你的……但无论如何，我还是建议你去看一下心理医生。"

之后，我并没有做出什么危害性的动作，突然，我看见他用手按了一下安在桌子右面的服务铃，然后大声喊用人哈姆宰来，让他立刻陪我离开办公室。

这个用人每次端咖啡来的时候,都会把咖啡洒在我的桌子和备课本上,就我个人而言,我不需要他表现出够义气的样子或虚假的友好,事实上,我根本没想过要伤害任何人,你知道的,我没疯。所以,我将 U 盘丢在一边,转身走了,去会计部递交签好字的辞职信,好结算我的养老保险和正当报酬,作为一名服务于教育事业十五年的清正的人民教师,那点钱仅够吃饭而已……

这间我和沙姆斯·欧莱共用的办公室,里面没有太多我个人的物品了,更确切地说,我没有任何东西在这里了。桌子上那些散放的笔、书本纸张,抽屉里收藏的学校毕业典礼时的照片,都与我没有任何关系了,我叫用人将它随便丢在哪个垃圾桶里就好了。

我终于解脱了,艾斯玛,我太高兴了,从今以后,我再也不用准备那些乏味的课程;再也不用在纸上推演氧、水、碳还有致命毒气的制作方法;再也不用像个呆子一样,待在那个每年都举办却毫无意义的展会上了,在那儿,我竟要给那些无业游民、街头混混、穿着奇装异服的女人讲解落在日本广岛上的炸弹的特点。我现在是你感情世界的雇员了,作为一个痴情人,精神工资对我来说已经足够。我打算在花园区做件事,对此我非常认真,不是为了获得物质利益,它只是我抛出的用来捕捉你的诱饵,若是我没有找到你,它可以通过我那神奇的"第六感"确认你。

我明白,我以这种方式离开学校,绝不会风平浪静地翻过这一页,我也能想象到别人背地里说的一些闲话,比如谈论有几家疗养院会收容我,市里还是首都的心理医生能否医治我。

我猜用人哈姆宰将参与到这些人进行的讨论中去，会推荐偏远地区治病的江湖术士，说他可以把我的情况讲给医生听。估计还有很多人会相互追问我为之工作的那位艾斯玛是谁，校长一定会积极主动地回答说："她在他心里。"有些人会哈哈大笑，而那些多年来我们互相以诚相待的人会为我哭泣，我的教师同事们会跑到我家，询问我的不幸处境。

艾斯玛，你是一种灾难吗？

不！我绝不允许任何人这样形容你，也很反感那些对我的事情穷极无聊、紧追不舍的人，他们以此为谈资，批评公立教育，你知道的，这种论调经常出现。

我从校园走出来，对它并没有太多留恋：那个校园中间、我经常在里面吃早饭的棚子食堂，于我而言也无足轻重；我的办公室、办公桌，我的学生们，甚至是十五年前我在校园一隅亲手栽种的绿意盎然的树，它们都不值得我为之不舍；我只希望沙姆斯·欧莱一个人问候我，偶尔见面、聊一聊天，我知道他绝不会丢下我不管的，因为我已经离职，他从此就孤身一人了。

我站在校门前，抬起头望了一眼那锈迹斑斑的牌匾，上面写着"未来中学"，有些字迹已经脱落了，在我看来它完全是陌生的，就好像我从未见过一样。一辆公交车飞驰而过，我瞥见车身上写着"艾斯玛"这几个字，那真是一个致命的瞬间，我发觉，我真正的归属是那辆疾驰的公交车。

我昂首挺胸，大踏步向前走着，我不能把这称为自信的步伐，因为它既大胆又犹豫。我美丽的、令人神往的目的地，你是很清楚的，很多出租车司机（他们似乎都因为同事的忌妒而没被推选为工会主席）都知道那儿——花园街区，现在我必须要去那里，我并不喜欢它，但却不得不去。

我要先去趟国家储蓄银行，我的亲戚阿卜杜·卡德尔是那里贷款部的员工。我现在不得不去抵押我的房子，不管它值多少钱，因为我首先需要在花园街区有个立足之地。抵押贷款的想法曾经在我脑海里闪现过，当时我是决计不会做出这种选择的，而现在，虽然在常人看来有些疯狂，但我别无选择。

我上一次同阿卜杜·卡德尔谈话，好像是在四五年以前，那会儿他鼓动我放弃不体面的教育工作，转行做投资，他会私下和我合作，为我提供贷款，做我的幕后投资人，而不会引起业内的怀疑。他想不择手段地发家致富，但也很清楚法律对这种行为的惩罚是极其严厉的，如果有一个像我这样的人为他打掩护，事情就可以顺理成章地进行。当时我委婉地拒绝了他，而今天，我想我有必要重提这个建议。

我并不确定我的贷款计划是否能成功，我也不知道当阿卜杜·卡德尔看到我时会有怎样的反应。我没有去医院看望过他那个可怜的妹妹，她正处于青春期，我听说她尝试喝染发剂寻死，但是没有成功，出院后，她又回到了悲惨的生活中。她偷跑去光棍儿理发师家那会儿，我都不好意思面对她的家人提及她。有一回，我在市场上偶遇了一个亲戚，他跟我说他去过女孩家了，他甚至想往她脸上吐口水，虽然当时她的身体情况很糟糕。他还说，这要换作是他女儿的话，他一定会亲自把染发剂给她灌下去。

那会儿，要是我是阿卜杜·卡德尔或者他母亲的话，我一定会对这个男人破口大骂，然后跟他决裂，再见到他，也不会跟他打一个招呼。

一个女孩恋爱了，甚至是选择和她的伴侣私奔，若是仅仅因为如此，她就必须去死的话，那就太不公平了，"小德国"阿布·萨哈布说她放荡、误入歧途，这样的说法也太不公正了，因为……因为我也深爱着你呢，艾斯玛。

银行门口有一个疯子——沙莱勒，在本市人尽皆知，我想你也知道他。他唱歌、跳舞，并自认为是在做真正的歌剧表演，已经没人关注他了，因为对大家来说，他不再具有吸引力了。而离这儿不远的地方，却有另外一个人，深深地吸引着过路的人，那就是侏儒苏莱曼，他身高不足一米，原是土生土长的本地人，后来成为国家马戏团里的一员，但是他偶尔还会回来做表演。

他在马戏团中轻盈地跳来跳去，讲一些笑话。一个漂亮的女孩深深地爱上了他，他们一起跳舞。那一刻，他被身边的人围得水泄不通，他在衣兜里拿出黄色小卡片，签好名后送给大家。

我看到了阿卜杜·卡德尔，他正坐在位于银行宽敞的大厅中间的一张小桌子前，其他员工一字排开坐在那儿，每个人都低着头，要么是核对面前的一堆材料，要么是在上面签字，要么是把它撕掉扔在纸篓里。

我隔着玻璃喊他，可他没听见。他从座位上起身，在大厅里转了一圈，然后从传真机上拿起一张纸，往大厅外瞟了一眼，而我就站在那堆工作人员旁边，我喊他，他还是没有注意到我。我花了差不多一个小时的时间注视着他的一举一动：他时而坐在那里，伸直双腿喝茶；时而站起身来，走到玻璃隔断处的会计那里，拿一些资料。终于，他看见了我，示意我从大厅另一端的小门进去，我长出了一口气。我很沮丧浪费了整整一小时的时间，这本应该是我出现在你的爱里的时间，或至少是在花园区，寻找你身影的时间。

我坐在他面前，仿佛是和他已故的父亲坐在一块儿，因为他的样子和他父亲年轻时简直一模一样。我觉得，自从我去搅扰他的蜜月、寻找照片之后，只一段时间没见，他就突然间长大、成熟了，尤其是他妹妹身上发生那些事情以后，他肯定为之彻夜难眠，他的头上也出现了白发。我想他是尊敬我的，而且是非常尊敬，我几乎可以确定，我是唯一一个到他家而不去提及他的"家丑"的亲戚。

我不会询问任何关于他、他妻子和他妹妹的事情，我也不会问几乎每对度完蜜月的夫妻都会被问到的那个传统的问题："你们要孩子了吗？"

"请进，老师。"

他开门见山地问我有什么事情，我也就直奔主题地说明了来意。我告诉他我辞职了，因为那点儿可怜的连乞丐都嗤之以鼻的工资让我无法生活，而且我到现在还没结婚，所以想抵押贷款做点儿小生意。我对自己的贷款说辞很有信心，但事实上，他并没有帮我实现我的想法。

听了我的话，阿卜杜·卡德尔好像马上要大笑出来，但估计是碍于我们之间的亲戚关系，他强忍着笑，问道：

"你是想在我这儿借钱，还是要从银行贷款？"

"当然是向银行贷款。"

"几年前我找你说这件事的时候，你为什么拒绝了？"

他搬出陈年旧事来质问我,的确,我当时太过胆小,让他的计划化为泡影,他应该没有找到合适的人选,因为我从没听说他挣了大钱。他的生活再普通不过了,直到现在,还没有一辆车,租住在市里的小公寓里,不像是除工资外还有外快的人。我跟他解释:我原以为自己生来就只能在学校当老师,并会一直做下去,但遗憾的是,事情发生了变化。那一刻,我知道还需要其他理由来说服他,说道:

"那时生活特别美好,我热爱教学,现在,就像我先前告诉你的那样,情况发生了变化。"

"情况变了。"

他摸着他的头说道。我渴望地等待着他下边的话。

但是他话锋一转,不再说当年合作的事,问道:

"你找到那个一直在寻找的艾斯玛了吗?"

艾斯玛,这着实让我大吃一惊,凭借我的幻想,我看到了我所走过的漫长之路,艰苦熬过的一个个不眠之夜,它们狰狞地对我大笑着。

卡德尔还没有忘记,那天我为了找你的照片,在他家门口紧张徘徊,心神不定。现在,我发现自己竟无言以对,我听见他又问道:

"对了,老师……那个艾斯玛是谁?为什么当你问起她的时候,情绪那么激动?那天我也没详细问你,是不想你在我妻子面前尴尬,不过,你那天的行为可真够古怪的。"

到现在为止事情已经过去三个月了,倘若我告诉他婚礼当天发生的事情以及之后发生的事情的话,他一定会抓着我的手,拖我去附近免费的精神病院。但如果我对他说谎,编造出一个故事来，在故事中给你另外一个身份，不说你是我可以为之去死的爱人，那我就背叛了对你的爱，我就成了一个卑贱之人，理当受到惩罚。若我闭口不言，他或许会放弃这个问题，但我还要把话题引回贷款上来。

我内心在激烈地挣扎，我正在找一个折中方案，既不毁掉我的清白，也不令我陷入绝望、可怜的境地。我清了清嗓子准备回答他，但脑海中并没有现成的答案，幸运的是，一个用人跑过来，告诉卡德尔说经理在找他，于是他让我稍等片刻，就走开了。我斟酌着世界上所有的词语，想编造出一个合理又不丑化你的故事，好应付他对你的追问。

第十三章

艾斯玛，国家安全局的人在平民区呢。

到处都是安全局的人：我家、法鲁格·哥伦布家、哈雷姆家，还有你所知道的平民区的所有人家。哈基姆·戴尔，一个专为当局处理各种棘手问题的心机男，我哥哥布哈里失踪的那个案子就是他负责处理的。当我无精打采地从银行出来时，戴尔正专心处理街区的那个离奇案件。

艾斯玛，你不要害怕，这并不算一件坏事儿，它丝毫不会影响世界的快乐，或许你也会这么想，仅仅是个意外而已，根本无须派那么多警力，更无须出现武器、监听设备以及其他执行国家暴力任务的工具。

安全局的人会出现在各个角落，打扮和普通人没什么两样，这些便衣把人们聚集到一块儿，并命令他们挤进几辆颜色不一、没挂车牌的印度大"塔塔"车里，统一拉去国家投资者卡德斯·卡尔亚古斯与铁匠比尔太的妹妹——白人玛利亚的婚礼现场，我想你会对此感到奇怪：婚礼的邀请不是精美的卡片，而是由安全局的便衣将参加者直接带到现场。巧合的是，婚礼仪式也是在托莱雅尼俱乐部举行的，而在某一个周四，我也在那里遇见了你，你就这样闯进了我的世界，再也没离开过。

我没有如愿以偿地从亲戚阿卜杜·卡德尔那儿借到贷款，那天我去了他工作的银行，他没完没了地追问关于你的事情，而你只藏在我的心里，我不想其他人揭开你的面纱，当然不是说你有什么错误或者缺点，那是恋爱的必经阶段，我只想自私地将爱情留在我的心底，只属于我一个人。我曾在校长面前高声说出你的名字，他的手永远在忙碌，我则等着他在我的辞职信上签字，毫无疑问，没人知道我喊出了一个明星的名字，这看似很荒谬，但我觉得不需要任何解释。而跟阿卜杜·卡德尔，我却不能这样说出你的名字，因为那天我已经为了询问关于你的事情，专程去找过他。

那天我到银行找他去贷款，他并没有拒绝我，而是说准备运作这件事，他需要点儿时间，尽快评估我的房子，并尽可能把房价估得高一些。但是使贷款的事情最终完全化为泡影的原因是，我并非房子的所有者，事实上，这房子是我父母的遗产，而遗产继承的另一方——我的哥哥布哈里，他现在仍然处于失踪状态，没有任何证据可以证明他已经死亡而去变更他的继承权，所以，我的家不完全属于我一个人，这是我之前不曾想到的。

说实话，我绝没有因为贷款失败而太过忧伤难过，为了能住进花园区，离你近一些，我会继续尝试其他任何方法。真正令我伤心难过的是，我突然间想起了布哈里，想起了我的哥哥，他就这样从我的生活中蒸发了，我没有想方设法去打听他的下落，让他重新回到我的生活里。我本该去四处寻找他，或是恳请当局原谅他，或是通过其他方式把他找回来，但我没有。有一次，我见到了他的一个复兴党的朋友，这个人已经为当局效力了，甚至没有了道德底线。他撕毁了之前加入起义的所有材料，多次在听证会上指认没有像布哈里那样逃脱的同伴，并做出不利于他们的证词。他说他想写一本书，揭发恐怖组织的丑恶行径。他还对我说，我的哥哥绝对算不上一个战士，说他就是一个草包。倘若我再见到这个人，我一定会对他说："先把你身上那些肮脏的东西洗干净再说吧。"

我很愤怒，我没办法不愤怒，虽然我不追随复兴党的思想，我跟哥哥只是生活在一起的兄弟，也不知道他是复兴党成员，尽管如此，我还是抑制不住心中的怒火，一度冲动地想在这个人脸上啐一口唾沫，但在最后关头，我还是忍住了，想起了黑暗的牢房，想起牢房里脏兮兮的大饼，想起哈基姆·戴尔……我只能转身走掉了。内心依旧无法平静的我，把家里翻了个遍，找到了一张布哈里和他朋友私人聚会的照片，这应该是一张清白的照片。我没有撕掉它，只是遮住了照片里哥哥那双含笑的眼睛。

与那家伙截然相反的是费萨尔·哈尔法——布哈里的另一个伙伴，他很勇敢，从容地在家里等着那些抓捕他的人，并顺从地让哈基姆·戴尔把自己带走。他在牢房里整整待了五年，直到总统大赦令的降临。两年前我偶然间遇到他，他坚定地表示要帮助我寻找布哈里，打听他的消息，但让他无能为力的是，只要是出狱的囚犯，都会被严密地监视，甚至如果没有监视人员的同意，他连剪头发、刮胡子的权利都没有。

艾斯玛，我已经去过了你所在的街区——花园区。一连几天，我来来回回地跑，我没有放弃希望。有一天，我发现原来写着"房屋出售"的那户人家的房门半开着，我匆忙地跑上前去敲门。令我甚是吃惊的是，房门很快打开了，而我还没准备好一大早就来敲门的理由。为我开门的是一位长相标致的女人，她身穿干净的家居服，头上戴了几个别致的卡子，我敢说，这样的卡子平民区根本见不到。

这个女人没有因我的面孔产生过多的迟疑，没有对我的衣服、香水和我身上的气味评头论足，也没有把我看成一个来找工作的铸造工或园丁，她称呼我为"先生"，直接问我需要什么帮助。在受到如此礼遇的情况下，我流利地向她解释道：

"太太，很抱歉打扰您，有朋友告诉我说这栋房子要出售，我是为这事儿来的。"

"没错儿，这栋房子原来是在出售，但现在我们已经把它买下来了。"

她回答说。我瞥见一个头发浓密的小孩，在门缝里探头探脑，然后又迅速地缩了回去。我下意识地说：

"哦……恭喜恭喜……顺便问一句，请问您知道这房子以前的女主人是谁吗？"

或许我的问题会使这个温柔有礼的女人稍感不解，在这个男权社会里，我该问的应是这栋房子的男主人是谁而不是问它的女主人，即便它的主人确实是位女性。我想她应该是个聪明人，没就她的不解去询问，在某种程度上，她像位社会主义联盟里受人尊敬的妇女领袖。那个联盟是执政当局搞出来的，并且还象征性地为妇女空出了一些管理席位，来满足她们的美好愿望。

"先生，很抱歉……我们是从一个在国外工作的人手中买来的房子。他卖完房子之后就走了，他叫萨利哈·阿卜杜拉。你认识他吗？"

"不认识。"

我说完这句，就转身离开了。我没有感谢她允许我站在她家门口停留了几分钟，也没有感谢她能同我这样一个一点儿都不像花园区居民的人交谈。走在路上，我极端地想，生活为何偏偏对我百般刁难，让我钻进一扇黑暗的门里，却不给我开它的钥匙。他们从一个在国外工作的人手里买下了这套房子，但在这之前，我其实早就发现了它，并且我还与那个或许也认识你的女房东商讨过买下它。现在回想起来，你在婚礼上突然消失之后，可能她也像我一样在寻找着你，她曾经催促我快点儿订下这套房子，因为很多人都有意买下它，可当时的我却无能为力。

如果我继续问这个温柔有礼的女人，这间房子以前的主人结婚了吗，他的妻子是谁，她是住在这里还是和她老公一起在国外生活，这样问的话不但不合逻辑，而且会显得非常无礼。但是，对于一颗爱得忐忑不安的心来说，这样的问题也许值得原谅，因为如果有了答案，会将这颗心从深渊中拯救出来。

我远远地就看见了铁匠比尔太·拉吉，开着他那辆破旧的敞篷车，拉着铝合金门窗呼啸而来，车子已经被压得有些倾斜，我赶忙躲进旁边的一栋未竣工的楼房里，以免他看见我。我又开始在远处暗中观察女装裁缝，如果他和那个小助手因为什么原因走出来，不至于引起他俩的怀疑。我看见漂亮的女人们在裁缝店进进出出，或窃窃私语，或有说有笑，我幻想她们中能有人说出你的名字,哪怕只是提到,我便会身心振奋,尾随她去找寻你,哪怕只是找到一点儿蛛丝马迹。

现在我是如此地自由自在:没有束缚、没有监管,可以卸下伪装,随意地寻找属于我自己的快乐,不会有偶遇的学生,让我尴尬,也不会有令人讨厌的家长,要求我为人师表,使我难堪,如果我想哭,即使在大街上,我也可以随意地大哭起来。

从这个令人欢愉的角度出发,我可以回应我的教师同事们,他们在我义无反顾地离开教育事业那天齐聚我家,我告诉他们我非常满意自己的决定,永远都不会后悔。没有人敢问及我心中的那个艾斯玛,那个我为之工作的艾斯玛。他们认为我做的事情特别疯狂,而我热情地招待了他们,并礼貌地送走了他们,这样的事儿能发生在一个疯子的家里吗?我的直觉告诉我,他们为我的选择担忧而焦虑,这一点,我从他们跟我谈话时飘忽不定的眼神就可以感觉到。当我一直把他们送到门口时,我看见学校的用人哈姆宰在我家门前徘徊,我知道他脑袋里一直想着为我找一个江湖郎中治我的"疯狂之症",让我恢复正常,但又害怕带我去见那个医生。沙姆斯·欧莱没有和这群人一起来,他是在深夜里一个人来的,只坐了几分钟而已,连好好擦个皮鞋的时间都不够,我没给他完整地说出你的故事,只是讲了几个片段,我怀疑他是否听懂了。

在女装裁缝店附近停留并没有给我带来什么收获,我有些沮丧,回去的路上,我感觉身后一直有人跟着,却不敢回头看。可能是因为我白天常在花园区徘徊,而被那里管事的人跟踪,我的长相一定被大家记住了,甚至连那些小孩子,还有看管他们的埃塞俄比亚女佣都认识我了。有一次,一个女佣还主动上前和我搭讪，我不懂她所讲的语言，也不明白她眼神的用意，后来我便落荒而逃。我还害怕身后的跟踪者是那个虚伪的爱国者卡德斯·卡尔亚古斯，他本来对我印象还不错，但自从"小德国"在我家聚过会之后，我便担心，怕他把我们家列入叛党的机构，如果那样的话，我也可能成为哈基姆·戴尔手铐下的一员了。"小德国"那张令我害怕的脸还停留在我的记忆里，挥之不去。艾斯玛，我恐惧极了，尽管如此，我深深的忧伤并没有因为恐惧而退却，说真的，这是我爱你的最好证明，它已经填满了我的脑海，没留下一点儿空间让我去想其他的事情，甚至是恐惧。我发现自己在同一时间里既害怕又难过，我走着走着，几乎要跑了起来。这时，一个似乎熟悉的声音在我背后响起："嘿，老师……"我停了下来。

我惊讶地看着来人——塔莱哈·利德瓦，他的故事被广为流传，他出身于平民区，后来摇身一变成为规划部的部长，也成为花园区的一位居民，他光滑柔软的手紧紧抓住我的手，我甚至担心自己粗糙的手指可能会伤到他。他对我说，首都货币部突然做出决定，遣散所有部长，所以他成了平头百姓，这件事我并不知情，或许我的邻居哥伦布和平民区其他人都知道这件事情，却没人告诉我。尽管如此，我依然紧握他柔软的手，尊敬地注视着他，并用"阁下"来称呼他，而这个词通常是用来称呼那些在政府的公职人员的，哪怕他在那里只工作了几天或几个月。想起那天，当他回访平民区的时候，他否认自己认识埃穆娜，并且试图尽快摆脱平民区那些人的纠缠，他没什么错，我们街区人们的素质的确太低了。他曾和我一样住在平民区，从事货币贸易后，住进了中产阶级区，而现在住在花园区，现在，我阴差阳错地路过他的家门却浑然不知，即使我知道这就是他的家，也绝不会主动去敲他家的门。当我被他让进那个漂亮的家时，我有些局促，但这的的确确是我第一次嗅到花园区家庭的芬芳，我们出生在同一个街区，但此时我和他之间的阶层差距却是一个巨大的鸿沟，无法逾越。

我在他家随便转着，注意到墙上挂着各种名画和他出席一些会议的照片，以及他在欧洲街道、马尔·彼得教堂、罗马、卢森堡自然历史博物馆前的一些旅行照片。我看着他照片里的微笑，脑海里闪过一丝忧虑，我开始担心会在照片里看到你，会听到他说你是他的妻子，或是他妻子的妹妹，或是他家人的朋友，但幸运的是，这仅仅是我自己的想象。

那天早上，部长先生一连串的意外之举让我感觉很是不可思议，他亲自将一玻璃杯橙汁儿递给我，然后突然问了我一个我从未想过他会问的问题：

"老师……埃穆娜结婚搬家以后，回过咱们街区吗？"

"埃穆娜？……阁下，埃穆娜是谁？"

我真的这么回问了一句，因为有一些人和事我已经不记得了，包括曾经有个姑娘叫埃穆娜，二十多年前，平民区有个男人爱上了她，后来，那个男人平步青云走出了平民区，被推选为部长，虽然最后他被免掉了职位。如今，他已年近半百，尽管有一天，他曾在我们这些平素无聊好事的平民区居民面前矢口否认与埃穆娜相识，但其实，她依然存在于他的记忆里。

"埃穆娜？"

部长又把声音压低了一些，我俩坐在宽大的沙发上，他就紧挨着我，沙发无声地承载着我们两个人的重量：

"兄弟，就是埃穆娜·欧德·赛德，她是个好姑娘。"

"部长阁下，我好像没听说她又回来过。"

我回答他说。我再也不觉得震惊了，反而是幸福到了极点。

艾斯玛，你知道那意味着什么吗？

从部长的问题中，我清晰地看着他战抖的双唇，低声而小心翼翼地询问，这一切都表明没有人能够忘记初恋，哪怕那段可怜的初恋只是发生在破败的街区里。部长阁下在高升之后，本可以将这份爱彻底遗忘，去追求更完美的爱情，可如今，他仍然挂念着那个曾经的姑娘。部长的行为更坚定了我的信念，我的选择是正确的，你是我的初恋，我会始终如一，以爱你生，以爱你亡。

想到这里，我便觉得心情好了许多，一口气喝干了部长端给我的橙汁，跷着二郎腿惬意地坐在那儿。一个埃塞俄比亚女佣在我面前放了一盘上乘的麦地那椰枣，然后离开了。过了一会儿，一个跛脚园丁走了进来，他看上去和大多数平民区的居民差不多，但可以肯定他不是来自那儿。他对我和部长的问候完全是两种不同的口吻，对部长是无比恭敬的，而对我，只是面无表情地说了两个字"你好"就转身离开了。

此时，我在部长家里，在我认为的他的新天地里，尽情享受着他的款待，而更重要的是，这儿是在花园区，我不用徘徊在街上，无须忍受这里居民的盘问和不满。我已经在考虑向他谋一个能把我留在这里的工作，好离你的幻影近一些，即使我无法触碰。还没等我开口，部长大人清了清嗓子，抢先一步说道：

"我正在寻找一名优秀的老师来做我小儿子的家教,希望他时间自由,不在学校工作,你的同事里有合适的人选吗?"

艾斯玛,我无法跟你形容听到这个消息之后我的心情,我敢说你已经想到了,我心里已经乐开了花,你应该能听到我内心欢腾的声音。尽管接下这份工作是对我勇敢地宣布结束教育生涯的背叛,但请你不要因此认为我是一个出尔反尔、利益至上的人,我所做的这一切都是为了你。我立刻向部长表明我已经不在公立学校任教,来这里是参加另外一个家教的面试,但对方给出的条件我不是很满意,而部长提出的条件很符合我的预期,我完全可以胜任这份工作,甚至我还向他抱怨了体制教育的一些弊端。毫无疑问,在我心里这个决定与花园街区没有关系,与教小孩也没有关系,我只是想找一个离你更近的方式,我确信,你是这里的一朵鲜花,是最芬芳的那一朵,我决不允许自己错过你。

部长大人毫不犹豫就接受了我,他给出的薪水并没有什么吸引力,但除此之外,它却给我带来精神上的满足,那就是让我陪伴在你的周围,这足以抵得过教育局长的工资。上课的内容简单之至,其实,那根本不需要请一个家教,但是社会地位和殷实的家境让这种需要变得合情合理,除了周四,我每天下午都会来这里。在工作的第一个晚上,我自由自在地在花园区街头漫步,试图捕捉你的身影,虽然我是个陌生人,也不会有人来质疑我的身份。

艾斯玛,我打心里为自己高兴,因为终于有了接近你的机会,今天我要在家里或是随便什么地方来庆祝这场巨大的胜利。

部长大人给了我一张阿卜杜·卡德尔所在银行的支票，这是他预付给我的一个月的薪水，并叫他的小儿子来见我。这个小孩大概七岁的样子，有点暴力、多动的倾向，他用指甲抠我鼻子，扯我的衣服，问我是什么牌子的，我有些不好意思，因为我的衣服都是从人民市场买来的，那里的衣服不论现在还是以后，都不会有什么牌子。

那天，我从部长大人家里出来，高兴地手舞足蹈。我在路上拦了一辆最好的出租车，日系车克里希达，车很新很干净，有空调，有柔软的真皮座椅，司机看起来像是给副部长级别人物开车的，我坐在副驾驶上，车子开动后，我便问他：

"你是不是本该当上出租车司机协会主席，但因为你同事的忌妒而没有被选上呢？"

他看都没看我，目不转睛地注视着前方，干脆地回答我说：

"老兄，我就是出租车司机协会主席，在协会里没有同事忌妒我。"

我对这个意外的回答稍感困惑，但随之窃喜起来。我想到了那些穿着破烂儿的司机们，他们开着破旧的阿罕布拉、埃塔努斯、扎菲尔牌汽车，连最基本的安全、舒适的座椅都没有，却编造着无聊的说辞，我可不希望自己变成他们那样。我是住在平民区的，但我并不邋遢，我想我可以做你心目中感情的依靠。

协会主席把我送到宫殿餐厅的门口，这绝对是本市最高档的餐厅。一路上，司机按照我的要求，平稳驾驶，车子上的收音机播放着BBC的新闻，新闻里说"伊斯兰革命大获成功后，阿亚图拉·霍梅尼回到伊朗,获得人们的热烈欢迎",这是我第一次听到伊斯兰革命,它就发生在世界的某个地方,革命发起者被称为"阿亚图拉"。

时间尚早,我还不饿,尽管如此,我还是走进了餐厅。艾斯玛,我要以一种隆重的方式进行庆祝。

阿芙拉经常来我家打扫卫生,帮我整理我那简陋的厨房,不顾她儿子贾法尔在我床上大哭大闹,弄脏我的床单,把我从美梦中弄醒。而今天下午,在哥伦布和阿芙拉敲我家门以前,我先去了他家,我要让他知道,从明天起,每天下午我都不在家,而且,我还要质问他为什么没有告诉我塔莱哈·利德瓦被辞去部长之职这件事。

其实这事也没有多重要,我心里,只有你占据着最重要的位置。我只是感到有些奇怪:平民区里的事,连石头缝儿里的小蚂蚁都知道,而我却不知道。哥伦布打开门,他穿着随便,手里拿着大麻烟,用专门的"公主"牌烟纸卷上,准备在我家里抽。我质问了他,他的回答深深地刺痛了我,让我一整天都不开心,他说:

"因为你疯狂地爱上了一个城里女人,根本无暇关心其他的事情,所以我才什么事情都不和你说。"

"我爱上了一个女人?……谁说的?"

艾斯玛,那一刻,我终于知道了我尚不知晓的事。我知道了阿芙拉生下贾法尔后,就不再气喘吁吁了,而且她看透了我的心思,知道我是因为你而郁郁寡欢,她把这件事告诉了她那个头脑简单的丈夫,而他则添油加醋地把这些讲给前来参加生活大讲堂的人听;我还知道了,平民区还有临近街区里的大部分居民，都知道了有一个沉着稳重的教师陷入爱情无法自拔，他现在成了大家嘲讽的对象。主啊，那一刻，我应该要掐死哥伦布吗？我要扇不再气喘吁吁的阿芙拉两记耳光吗？我要躺在土堆里打滚、号啕大哭吗？

我绝不会那样做的，相反，我会尽可能地保持微笑，我要表扬哥伦布，夸他聪明能干；我还要感谢他和他的妻子，因为他俩把我看作一个痴情的人，可以说在感情上我一直很专一，到现在还没结婚就是最好的证明。我要回到家里，独自一人忍受折磨，无视他俩固执无礼的搅扰。

第十四章

今天又是一个周四,距我们初次谋面已经过去六个多月了。也许你早已经忘记了这一天,因为它对你可能不意味着什么,但我不一样,那个周四我会一直铭记着,就像我的名字一样。

铁匠比尔太妹妹的婚礼尚未开始,安全局的"塔塔"车在托莱雅尼俱乐部门前停住,我们心惊胆战、神经紧张地从车上下来,蹑手蹑脚地走进宴会楼,与我遇见你的那场婚礼一样:一样的铺着红色天鹅绒地毯的旧舞台;一样的散布各处的彩虹灯;一样的各色鲜花;还有一样优雅的服务生,他们正在摆放着甜品和饮料杯。一对新人坐在角落里的一把铺着天鹅绒的长椅上,前来祝福他们的宾客挤成一团,而他俩笑容僵硬地坐在那儿,看上去并不像我亲戚卡德尔在婚礼上表现得那么兴奋。显而易见,今天的新郎卡德斯本人并不擅长应酬,祝贺的人群聚集在他周围尊敬地送上祝福,那应该是因为他为当局效力,就像哈基姆·戴尔和他的领导说过的那样。对我来说,那个夜晚恐怖至极,我紧张到难以呼吸,我到处寻找,目光扫过一个又一个姑娘，从素颜美女到浓妆艳抹的女人，我凭着记忆去找寻，我只想找到你。

坦白地说，我已不像以前那样喜欢或者欣赏卡德斯了，他曾经伪装得很好，而当他一再出卖别人的时候，平民区的所有人都不再欣赏他，即使没人公开表示不满。他现在甚至可以以出卖整个平民区为代价，实现他所谓的正义的梦想，这分明跟哈基姆·戴尔的观点是一致的。而戴尔现在要做的，是努力消除公众的敌意，这就是今天他把整个平民区的居民都召集到卡德斯·卡尔亚古斯婚礼上的原因。

我感到很失落，我想在我悲伤的泪水滑落前离开这里，因为今天，直到现在这一刻，你还没有出现。

我从椅子上站起身来，霓虹灯使人眼花缭乱。一个不出名的科普特歌手——伊利亚·沙克尔，正在投入地演唱。这首歌讲述的是一段不可能的爱情和最后决绝地分离的故事，他用浓重的埃及口音倾诉着内心的苦楚，几位科普特姑娘也跳起了埃及舞，而平民区的居民则坐在椅子上，面无表情地注视着一切。我走上舞台，战抖地与卡德斯和他的妻子玛利亚握了握手，她依旧一副纤弱的样子，即使她是今天婚礼上的女主角，然后，我径直向出口走去，想让自己不受束缚地呼吸一会儿。

那会儿时间还早，婚礼晚宴还没开始，主持人是铁匠比尔太，他宣布狂欢夜才刚刚开始，接下来会有许多精彩节目，如朗诵美学诗人毛里斯·麦吉德的诗歌，著名的侏儒杂技演员苏莱曼·卡扎姆现在就在本市，也将会带来精彩的表演。如果首都发来的车准时抵达，我们还能有幸看到大明星——赛阿德，她是世界上最美的婚礼歌唱家。

比尔太兴奋地介绍着狂欢夜的精彩节目,而这些都与我无关,他提到的那些人我只知道侏儒苏莱曼。现在我唯一想做的就是立刻回家,从我脑海里将你唤醒。在漫长的日子里,思念你已成为我的习惯,无眠的夜晚我只能用永不枯竭的蓝色墨水在我珍贵的本子上写下:

366封信,我知道我写的信或许永远无法寄到你的手中,但是我还是要把它写下来。也许遇到你是一种错误,但我无法抗拒,我要把我的思念都写下来,让它填满我的精神世界,使我成为那个完美的情人。

在托莱雅尼俱乐部门前,我看到了几十个安全部门人员,有些人是我以前在牢房里见过的,而另一些则是第一次见,这些人聚集在俱乐部周围。哈基姆·戴尔一下子就认出我了,尽管他处理我哥哥的事情已经时隔七年。他用左手轻轻把我拉到身边,并没有松手,对着右手的对讲机大声喊道:"抬起来……转……对……对……"几秒钟后,我听见对讲机里传出嘈杂的声音:"领导……是的……"

当然,我什么都没听懂。戴尔松开了我的手,并面带微笑地同我握手,说道:

"老师,很高兴你来参加这对爱国夫妇的婚礼。"

但他话锋一转,带着嘲讽的口气说:

"但对不起,请您婚礼结束后再走,阁下,请进去吧。"

我别无选择,只能听命行事。对于处在安全人员层层保护下的新郎我十分恼火,当然还有他那个总想标新立异的新娘。想到自己和平民区的所有居民都像牲畜一样,被人强行驱赶着、监控着来参加这个婚礼,我愤恨不已。

我看到平民区的居民们都开始烦躁起来：哥伦布双手抖成一团，不安地坐在那儿，估计是"大麻"瘾犯了；他的妻子阿芙拉抱着饿得大哭的贾法尔，但是她没办法在众目睽睽之下给孩子喂奶；哈雷姆已经把胡子剪掉了，一看就知道他肯定是在极度害怕的情况下匆忙剪的，因为他的下巴修剪得一点儿都不干净，有的地方还有胡茬儿，有的地方则光秃秃的，可笑极了；还有卖甘蔗的女人艾斯玛，每次见到她的时候，我都会暗自盘算，哪天一定拉她去法院，把这个名字换掉，因为她不配拥有这个名字，不论她做什么，她都不配。伊利亚唱完几首科普特歌曲后，另一个女孩上台了。天哪，她的声音简直就是一场灾难，我们终于挨到她演唱结束，接着是侏儒苏莱曼，他表演了几段杂技，此时已至午夜，我还被牢牢钉在椅子上，与我周围的一切隔绝了，与你的世界也隔绝了。我想着：明天下午就又能以合法的身份出现在花园区了。这时，哥伦布拍了一下我的肩膀，并和我抱怨起今晚的事情，我便成了他的听众，如若不是这样，或许我还会继续沉浸在有你的梦里，直到大家都离开，只剩下我一个人。

第十五章

可怕……艾斯玛，太可怕了，那是任何人都无法想象的可怕：那个夜晚，我的直觉失灵了，我无法感知你的存在，爱情伴随着脉搏剧烈的跳动飞离了我的心房。

部长塔莱哈·利德瓦专门给我提供了一个独立的房间，用来教他的儿子哈马姆。房间非常干净整洁，看上去是经过精心布置的：床上铺着彩色的丝绸床单，每天都会有女佣来更换；一个宽大的柚木衣柜和一个专门放袜子的小柜子在屋里放着；抛光铁面的写字台上放着一盏红色的台灯，打开时，透过灯罩会映出梦幻般的紫色光亮；还有一台"凯尔维纳特"牌小冰箱，里面放着各种饮料。这一切都跟部长大人在我接受这份工作的那一天承诺的一样。除此之外，屋子里还放了一些塑料玩具，小汽车什么的，孩子无聊的时候可以拿出来玩。

我非常喜欢这个房间，它本来是我这个家教工作的地方，但在我心里，它完全就是一个爱情的私密空间，我把它置于我粉红色的梦幻之中，我固执地相信，终有一天，我们会属于这里。我知道这很夸张，但恋爱中的人儿，总是那么疯狂，这种疯狂一定会让梦境变为现实，因为对你的爱是真实的，所以与爱有关的一切，也一定是真实的。

当我坐累的时候，便会倚靠在舒适的床上，沉浸在白日梦的喜悦之中，拭去梦境刺激下产生的紧张汗水，而此时哈马姆则正在完成我给他留的功课，他的功课其实非常简单，只是小学生的初级知识，包括《古兰经》部分经文选段、简单的数学题、初级阿拉伯语语法、无关紧要的历史课以及特别浅显的地理课，其实这些内容对一个衣食无忧，而且未来注定会一帆风顺的孩子来说并没有那么必要。我根本不需要去备课，我的教学经验应付这些简直是绰绰有余。

你无法想象那是一种怎样的痛并快乐的状态，它支撑着我在你的街区找寻你的身影，一无所获之后，回到我的爱情密室画出我梦里的伊甸园，而你就是那里最美的花儿。从房间的窗子，正好可以俯瞰到部长家的花园。我能分辨出各种声音：家里的女主人和其他美丽的女客们，她们在花园里闲谈时温柔优雅；而园丁说起话来则粗声粗气，他看起来像是平民区的人，但又有些不一样，他唱着民歌，偶尔和路过的女仆搭讪几句。我身上散发出的廉价香水味总是让哈马姆难以忍受，所以每次上课开始的时候，他都会捂住鼻子。虽然他顽皮好动、很难管教，但理解能力很强，一般用不了两个小时就能把所有的作业都做完，然后拿出棋盘自己在那儿玩，我曾在象棋俱乐部里向那个棋痴索要签名，事实恰恰相反，其实我对这游戏一窍不通，哈马姆想要教我，但我拒绝了，这并不是因为作为一个老师我就骄傲自大，不愿成为一个孩子的学生，而是我不想把时间浪费在和他下棋上。在他自娱自乐的时候，我才有机会从思绪中把你召唤出来，并用各种颜色勾勒你的身影。

部长大人的妻子，叫莱伊莱克，这是我第一次听到有人叫这个名字，过了一段时间，我才知道这是一种花儿的名字。她是一个四十五岁左右、美丽高雅的女人，她说自己在部级单位上过班，在丈夫出差的时候，她总会陪在他身边，跟随他周游各地。国家规划部的业务遍布世界各地，所以在那里工作的人就像空中飞人，经常出差。有时，我觉得她就像你一样，我不晓得那是不是真的，或许是因为那个与众不同的周四，你天使般的面孔牢牢地刻在我脑海里，无法抹去。她有三个儿子、一个女儿：哈马姆是最小的孩子，而其他的都在读大学，只是不知道他们就读的是普通的院校还是名校。部长夫人时常会来我的房间，手里端着一杯我叫不上名字的果汁，她倚靠房门，询问我哈马姆的学习情况，我只是应付地回答说他很努力，进步很大。她一走，我就又开始幻想你。而部长大人则从未来过我的房间，我只是在出来进去的时候看见过他在家里走动的身影。

一下午的工作终于结束了，我从无聊的教学当中解脱出来，在坐上回城公交车以前，我在街区附近徘徊良久，每当我想着将你从你的世界里牵引到另一个更加美好的世界里，我就觉得特别开心：我幻想着你在那个大超市里购物，或者在那个裁缝店里做衣服，我就一直看着你、欣赏着你，直到感觉双脚都麻木起来。好几次，我似乎真的看见你了，便立即疯狂地跑上前去，然而那只是一个干净优雅的姑娘，却不是你。

我不觉得疲累，也不觉得痛苦，对于四十岁的我来说，如果没有你，没有这样的痛并快乐，我真不知道，该如何活下去。

有一天我坐在公园里，看见一个埃塞俄比亚女人从我面前很不屑地走过，还记得这个公园吗，就是已经改名为谢赫阿比·萨哈布的"小德国"和他的朋友爱资哈尔出现在我面前，说我已经误入歧途的那个地方，我时常在夜幕降临时坐在那里想你。有一天，我见到了一个七十来岁的老者，他缠着头巾，穿着长袍，表情严肃，操着一口我听不太懂的埃及方言，自称来自上埃及，两年前，艾斯玛将他从乡下带到这里，并雇用他为她工作至今。

那一刻，我的心都要跳出来了，我甚至能听到它撞击肋骨的声音：

"艾斯玛？大叔，谁叫艾斯玛？"

是的，我并不认识艾斯玛，不过这并不重要，当我坐在花园区里，听到埃及南部口音的老者说出令我魂牵梦萦的名字时，我觉得我的反应很正常，而他却露出一幅吃惊的样子，回答道：

"你不知道她吗？艾斯玛是著名的扎尔谢赫，……这就是她家。"

说着，他自豪地伸手指向不远处一栋看上去有些奇怪的二层楼，那是一栋很不搭调的绿色建筑，我长出了一口气。我听说过那个扎尔谢赫，这里的人都知道，她曾是一位风云人物，但她绝不是你，每当听到有人与你同名的时候，我都想把名字从她们身上扒掉，换上其他名字。

我不由自主地脱口而出："我很诧异您追随这样一个女人，赚钱的方式有很多，而她却专门靠搞邪门歪道发家致富，这只会让追随她的穷人更加贫穷，痛苦的人更加痛苦。"他瞪着大眼睛看着我,面露惊慌之色,然后什么也没说,立刻离开了。自那以后,我就再没有在公园看见他。

有时候,当我工作完毕,一走出部长家,就能看见沙姆斯·欧莱——阿绥姆,他通常坐在摩托车上,在离主街不远处等我,而且他总是在擦自己那双皮鞋。我们会一起去一个僻静的餐厅坐着,他或沉默不语或忙着擦鞋,我也默不作声,两个人都思量着各自的难题。他是第一个发现我瘦了的人,的确,最近一段时间我瘦了很多。他跟我说,学校里传遍了关于我疯了的流言蜚语,而他每次都竭尽全力地去反驳,我知道,辞职之后,这样的话便在学生之间大肆流传。他没有告诉我他具体是怎么做的,也没有说后来流言是怎么被平息的,但我还是对他表示了感谢。

一个清爽的日子,天气并没有像平时那样潮热,我俩坐在海边的麦尔哈布咖啡厅里,就是"小德国"在卷入灾难以前经常光临的地方。今天,这个地方挤满了游客,有阿拉伯人、欧洲人,甚至还有印度人,我很奇怪,这个国家并没有什么值得游览的名胜古迹,有的只是毒辣的太阳和杂乱无章的社会秩序,我真不明白,这些游客来到这里是为了什么。

沙姆斯·欧莱看上去兴奋异常,甚至都没有去擦拭鞋上的灰尘。他告诉我,困扰他的结婚问题已经完全解决了,因为他母亲已经同意卖掉她在农村的几块田地,并会在近期将钱寄给他,为他举办一场体面的婚礼,帮他跟出身高贵的姑娘组建一个与她的出身匹配的新家。他还说,未来的妻子和他一直在计划,她已经选定市中心新开的高档萨法宴会厅来举办新婚典礼,她还计划要生一对漂亮的孩子,并给他们起名叫"伍德哈"和"沙玛",如果幸运的话,他可能会在海湾国家找一份稳定的工作,也和我一样从公立学校辞职。我真诚地向他表示了祝福,也深深地为他高兴,曾经,我的直觉告诉我,他可能为了实现自己的梦想铤而走险,甚至做出违法的事情,而现在他拥有了他需要的一切,证明我的直觉出错了,这反倒是我一直希望的。

突然,他问我:

"你和艾斯玛的事情进展得怎么样了?你找到她了吗?"

我有些失落。六七个月已经过去了,我的事情还悬而未决。我就像住在一个蜜罐里,却得不到一滴蜂蜜,但我绝不会承认这个事实。我想对他说,我终于见到你了,我们经常约会,而且疯狂地爱着彼此,我还会说我的婚期也临近了,也许和他的婚礼时间差不多呢。我想沙姆斯·欧莱会相信我的,他现在有那么多事情要忙,根本不会再向我提出其他问题,即便他再问我,我也会告诉他一些他想象不到的事情,你知道的,我对你了如指掌,我清楚关于你的一切,甚至连你自己都不知道的事情。

突然,一种奇怪的感觉在我心里出现了,那是忌妒,致命的忌妒,当他说出你名字的时候,我不禁全身战栗,除了我,我不想任何人说出你的名字。

第十六章

当我从公交车上下来时,夜幕已经降临,平民区一片漆黑,事实上,这里已经停电好几天了,并没人去关心是何原因,就像我曾经和你说的那样。那个调皮的男孩赫塔布为庆祝来电编的那支舞,很少被人跳起。

我像往常一样走进家门,客厅桌子的一角上应该摆放着几根蜡烛,我想去拿一根点亮照明,就像我认识你那一晚所发生的事情一样,在黑暗中摸索,还记得那晚,我被桌子绊住,摔倒在地上,心也碎了。我小心翼翼地向前走着,把手伸向蜡烛的大概位置,但似乎摸到了一团卷曲的头发,我打了个哆嗦,手往下移,却摸到了柔软的肉体。

我想,自从我出生之后,我从来没有这样撕心裂肺地喊出来过,即便几个月来,我一直背负着沉重的爱情,或许我会偷偷哭泣,但绝不会这样喊叫。

我感觉血液都凝固了,手脚无法动弹,我无法控制住自己的尖叫。

没过几分钟,法鲁格·哥伦布带着阿芙拉和一直啼哭的贾法尔,还有那些正在他家听"生活大讲堂"的平民区居民,以及我的邻居——一直独居的哈雷姆,他们手里拿着蜡烛和闪着微光的灯笼来到我家,有人主动站在客厅门前把守着,不让妇女和孩子进来。

借着蜡烛的微光,屋里呈现出诡异而恐怖的场景:三个穿着长袍、缠着头巾、脚蹬廉价皮鞋的成年男子,坐在我家的椅子上,他们的脸都埋在桌子上,手悬空中,其中一个人的缠头巾掉了。那应该是我在黑暗中摸索时手碰到的那个人,我吓得躲远了一些,眼睛再也不敢看下去。我听见哥伦布在癫狂地大笑[①],当他把那几个人的身体翻过来时,突然抬起头,眼里似乎带着泪水,但嘴角还挂着诡异的笑容说:"他们都死了。"

"怎么可能?"

我的大脑一片空白,我觉得自己无法发出声音,片刻之后,我回过神来,看见平民区里胆大的男人去摸死者的脉搏,听他们的心跳,并将他们的手反复抬,最后重复地说道:"他们死了,的确死了。"

"死了?他们怎么死的?"我迅速环顾四周,并没有发现打斗的痕迹,他们身上、衣服上也没有搏斗过的迹象。还有,他们是谁?是怎么进了我家,还死在这里?我可以确定从未见过这些人,我想,街区里也没有人认识他们。

在那个漆黑的夜晚,平民区竟发生这样一个离奇的案件,迫切需要找到案件的突破口,给居民一个交代,以免造成更大的恐慌。

---

① 根据原文推断,哥伦布应该是处于吸食毒品后的癫狂状态。
　　——译者

令事情更糟糕的是，自称是国家投资商人的卡德斯·卡尔亚古斯，在他新姐夫铁匠比尔太的陪同下，出现在了现场。他的声音盖过了其他人，他要求大家小心谨慎，不要触碰尸体，并且让人看着我，他还说，他已经派了一个人去报警，警察现在就在路上。我真想对他大吼一声，扇他一记耳光，好让他明白，我不是杀人凶手，不认识这些死者，在此之前从未见过他们，可是或许是因为嗓子已经喊哑，我的喉咙根本发不出一点儿声音。更令人觉得讽刺的是，我突然发现自己被一群地痞流氓包围了，而这些人，我即使在路上碰到，也根本连招呼都不会打，他们将我按坐在一个角落里，而卡德斯傲慢地主持着案件的调查工作，他大谈特谈法律问题、犯罪动机还有作案工具。铁匠比尔太时不时在一旁会高声附和一句：

"有道理，愿主赐福于你。"①

卡德斯回复说：

"谢谢，愿主赐福给我们所有人。"

当警察到来的时候，我已经六神无主，舌头像打了结一样无法讲述发生了什么，双腿不听使唤，无法站立，也没有精神抬起头，只能将身体倚靠在墙边。急救人员与在场的其他人将尸体抬去医院做尸检，以便了解死亡原因；警察翻遍了死者的口袋，希望能找到他们的身份证件，但却一无所获；一些刑事案件调查科的人，检查了屋里的各个角落，我不知道他们在找什么，但看上去非常焦急。我向他们做了个手势，并用嘶哑的声音对他们说："给我点时间，我会告诉你们发生的一切。"哥伦布已经不笑了，也没心情吸大麻了，他主动跑回家给我端来

---

① 在阿拉伯语中是常见的问候语。

一杯热饮,缓解一下我嘶哑的喉咙和声带。

我的事情非常简单,最后我终于能够讲出来了。案发期间,我一直在花园区给前规划部部长塔莱哈·利德瓦的儿子教课,除了周四,每天下午我都会这样度过,做完家教后,我从他家出来,在那里的街上漫无目的地转悠了一会儿,然后打了一辆出租车去市中心的公交总站,那个司机一直跟我发牢骚说他没被推选为出租车司机协会主席。我下车后,遇见了卖甘蔗的女人艾斯玛,她也住在平民区,我们一起坐上了公交车,她就坐在我的旁边。这个女人一共结过三次婚,一路上都在喋喋不休地跟我抱怨她最后一任丈夫有多么无耻,说他昨天给自己买了一个羊肉三明治,却没给她买。我们一起下了车,她仍然在责骂她的丈夫,然后我们就各回各家了,临别时,我仍没忘记对她说出这几个月里每次见到她我都会说出的话:"哪天我要把你带到法院去,把这个迷人的名字从你身上扒下来,给你换上另一个更适合你的名字。"

一位警官做了个手势打断我,他站在客厅中间,那里有我、他和其他的警察,卡德斯·卡尔亚古斯也在那儿,他问我说:

"为什么你强烈要求给她改名字?"

我实在不想把艾斯玛的事情也掺杂到目前的乱局当中了,所以我回答那个警官说,她是我已故母亲的朋友,从小我就习惯了和她开玩笑。看上去他相信了我编的这个理由,我继续说:

"我像往常一样走进家门,因为停电,所以要先找一支蜡烛,我知道它放在哪儿,于是就去摸索,然后我就发现了这恐怖的事件,我吓得大喊了起来。这就是发生的一切。"

我觉得卡德斯特别卑鄙,他卖了所有人,而这些人或许根本没有针对过他,或针对过其他任何人,而现在他又准备出卖我,我同样什么也没做,他现在却摇动警铃拍卖我的死亡:

"这件事仍存在疑点,有些地方还有矛盾之处,你所说的蜡烛在客厅哪里呢?你尖叫后,大家都来了,但没人说看到过蜡烛。"

我不明白为什么调查人员还不让他把嘴闭上,我想,如果他们在调查一位母亲,一定会让嗷嗷待哺的婴儿闭嘴,如果在与嫌犯的问答过程中,苍蝇嗡嗡作响,那他们准会把苍蝇打死,但现在为什么让他来参与调查,还以这种方式,以哲学家的口吻做出判断,关键问题是他既不是法律方面的专家更不是警察,甚至连平民区的原始居民都不是。

卡德斯的无耻行径激怒了我,我鼓起勇气,努力地挤出几个字:

"警察先生,这个人为什么在这儿?他有什么资格参与调查,难道他是警察吗?"

那位警察先生根本没理我,我一下子明白了,卡德斯现在是安全局的红人儿,连他的婚礼都要惊动上层,还获得过良好市民证,他的事儿肯定是作为模范事迹被大肆推广传播,当然没有人会为了我让他闭嘴。

艾斯玛,你相信吗,你的爱慕者,你已溶进他血液里、他心跳中的那个人,此刻被关押在一个临时监狱里,在绝望的境地中,和十多个罪犯关在一起,而他从未触犯过任何法律。但如果说想你也是一种犯罪的话,那这里的确是适合他的。

我、哥伦布和哈雷姆是同时被带走的，就像被驱赶的牲畜一样，我们的手被戴上手铐，低着头走出去。他们并没给哥伦布和阿芙拉告别的机会，哪怕是一刻钟，让他告诉她，怎样从里面锁上铁大门，用哪把钥匙能打开那个旧存钱箱，如何在他不在的情况下哄好大哭的贾法尔，好让她安心等他回来。我央求警察放了他们两个人，因为人死在我家里，与他俩无关。然而，根本没有人听我说话。我们随即被推上了警车，卡德斯用嘲讽的目光看着我们，他说调查理应包括所有人，他自己也不能例外，但我看见那个警察连连摆手说："不，不，领导，包括他们所有人，但不包括您。"

我很奇怪别人会称他为领导，我从未听说他做了什么领导，也从未看出他有领导的风范。

艾斯玛，这是我第一次蹲监狱，以前我待过一个月的拘留所，那不能算是监狱，因为监狱就意味着定罪，或可能被定罪，而拘留所与这里是完全不一样的。在法庭之外，监狱就是哈基姆·戴尔和与之狼狈为奸者迫害他人的黑暗世界。哥伦布很是绝望，他眼睛里原本微醉的神情早已消失不见，显得干涩，因为他还有另外一项必然成立的罪名：警察们在他的衣袋里搜出了几片大麻。而哈雷姆，即使他入狱了，也不会有人来看他，他蹲在一个角落里，脸上看不出一丝的悲伤、忧愁或是恐惧。

和我们关在一起的有杀人犯、盗窃犯、抢劫犯、强奸犯、诈骗犯，甚至还有投机倒把的人、卖过期商品的人，我还看见了那个为养家糊口每周五在昂泰拉兄弟影楼剪裁照片、装相框的学生，我很诧异他怎么会在这里，同样，他对在这儿看到我也感到惊讶，我们俩都陷入了绝望，一同坐在粗糙的地上，但看上去好像我们从来就不是学生与老师的关系，他嘴上叼着还剩下四分之一的烟，坦白地告诉我说，他现在并不再为了养家糊口而工作，他之所以这样，是为了祖祖——一个妓女，那是他在萨哈利吉区的爱人。也是为了她，那名学生在一个晚上撬开了影楼的保险柜，把里面的东西一扫而空，因为他的女友想变得更美更与众不同，所以需要一些高档的化妆品。他从口袋里又拿出一支只剩四分之一的烟，夹在手指之间，问我受到了什么指控，我回答说："有三个人死在了我家……"话音还未落，我看见他抖作一团，突然双目圆睁，干呕了几下，然后便无声地爬到距我很远的地方去了。

艾斯玛，原谅我吧，我思考当前的困境要比思念你多一些，数月以来，这是第一次因为这样无聊的事情占满了本应该思念你的心，破坏了我孜孜不倦刻画爱恋的希望。

我开始回忆死在我家里的人，试着想起在半晕半醒时，黑暗中看见的面容，我想不出哪张脸是我认识的。他们长得很像，看起来可能是兄弟，或者表兄弟、堂兄弟，他们的年龄也差不多，应该都是三十多岁，白色的大袍，十分干净，像我前面说过的那样，现场没有打斗痕迹，没有流血迹象，也没有凶器，什么都没有，当然他们不会也绝不可能是自然死亡……不管是警察还是调查人员，甚至是平民区里的普通群众，绝不能接受这个假设。哈雷姆也说不认识他们，哥伦布也发誓说这是他第一次看见那些人，他们不是他非常熟悉的贫民窟的人，也不是卖大麻的人，而且也从没去他家参加过"生活大讲堂"的讲座，也不是那些有时会与他厮混在一起的地痞流氓。除了他们的离奇死亡，还有一点对我来说更加诡异：他们为什么会死在我家？

他们是怎么进来的？平民区里从未发生过这样的事情。

"他们有没有留胡子？"我并没有注意到这一点。

我问哥伦布，但他此时已呆若木鸡，并没给我任何回答。我想到了一些更加不可能的事情：他们是"小德国"的那些人？不知何故，在我家被"清理"掉了？

艾斯玛，这真是一个巨大的谜团。枯燥的两天过去了，我们不知道这两天除了枯燥还有什么。有时候狱警会打开门，丢进几块干大饼，几盘夹生的豆子①；如果我们中的人有需要，狱警会带我们去无比肮脏的厕所，再把我们带回来；有时我们会向他们询问一下案件的进展情况，但从未得到过任何回复。

第三天了，让我难过的是，你依旧没出现在我的脑海里，对于我来说，这无疑是比现在的处境更加无法接受的折磨，虽然现在我的案件还没理出头绪，我的嫌疑也没有被排除，但我最担心的是莱伊莱克——部长大人的妻子会把我当成一个坏人，即使证明了我的清白，也不再让我继续教哈马姆，那样我就无法顺理成章地留在花园区去找寻你了。狱门突然打开了，一名面无表情的警察喊着我、哥伦布还有哈雷姆的名字，叫我们跟他走。

我们走在狭长的走廊里，里面充斥着各色人等：行动踉跄的醉汉②在等待判罚；留着长指甲的卖淫女居然互相说笑，似乎一点儿也不害怕这个地方；几个长相普通、怎么看都不像罪犯的男人，低头不语；还有一个看上去有八十岁的老太太，正无所顾忌地高声叫嚷着，大骂她所在街区的男人们。

---

① 苏丹人日常主要的食物之一。——译者
② 阿拉伯国家禁酒。——译者

在走廊的尽头，我们走进了一间小屋子，这是两名高级别警官的办公室。我看见前部长大人塔莱哈·利德瓦悠闲地坐在那里，他享受着很高的待遇，面前放了一杯咖啡。

"部长阁下？"

哥伦布抢在我前面叫了一声，尽管他最近一直少言寡语，而我身旁的哈雷姆则没有出声，我怀疑他根本不认识塔莱哈部长。

艾斯玛，我在那个办公室里所听到的让我非常震惊，同时也揭开了部分谜团。一开始，部长大人没有说话，而一位警官站起来又向我们做了一些盘问，接下去他并没有宣告我们被无罪释放，而是告诉我们，死者的身份终于被查明了，他们是来自国家中部贩卖牲口的商人，最近刚卖了货，正准备回老家，绑在他们身上的钱口袋不见了……由于尸体解剖后没有查出致死原因，所以又从他们的内脏、鼻子、皮肤、指甲等部位提取了一些样本，将经由首都送到国外，以便查明具体的死亡原因。

可悲的是他们都是同一家族的兄弟，现在，在城里居住的他们部族的一些人已经不受控制，开始闹事儿了。警官接着推断说，这些人是被我以一笔虚假的交易为幌子，诱骗到家里，然后抢走他们的钱，并且杀人灭口。

如果我不是那个诱骗他们、杀害他们的人，那又是谁干的呢？

我的主啊。

我剧烈地战抖起来，竟然分不出部长大人和一名拿着材料走进办公室的送信人员，从警官口里说出的案情的细节，让我的大脑飞速旋转，我诅咒自己的直觉，它曾经给过我暗示，我本应知道将会发生什么，但却没有告诉别人那一切，也没有去阻止那天可能发生的一切。

是沙姆斯·欧莱……我的主啊。

他谎称母亲卖掉了农田，凑够了他办喜事必需的钱，而事实上，钱是他犯罪所得，那些不幸的贩卖牲畜的商人掉进了他的圈套，这样的事情在城里从未发生过。

但是，为什么选在我家？又是如何杀了人却没留下痕迹？

我敲了敲脑袋，哦，我知道了。找一些特殊的物质，无须经过厮打就可以置人于死地，这对一个化学天才来说，绝非难事，因为他熟知各种化学物质及其属性。

我长出了一口气，我想我可以对警官的话提出一些质疑，而且部长大人也在这儿，我想他会支持我，保护我，于是我问道：

"你们找到犯罪嫌疑人了吗？"

"没有……只有你。"

那名警官粗暴地回答。

此时，部长大人第一次开口了，他思路清晰、引经据典，准确地提出了很多法律常识，尽管他并不是学法律的，甚至，他根本没上过大学。

"你们没有任何证据可以指证我的亲戚，死者的确是在老师家里发现的，但这并不意味着他就是凶手，很多目击者的证词都说听见了他发现尸体时的尖叫，而且卖甘蔗的女人艾斯玛证实他俩是一起乘公交回来的，司机也证实他乘坐了公交车，从法医推断的死亡时间来看，案发时，他正在我家，而哥伦布则在他自己家，跟很多人在一块儿，哈雷姆兄弟，这几年根本就没有离开过家,也没有跟商人有过任何接触,所以他们三人根本没有什么作案嫌疑,如果检察官办公室同意的话,我将为他们交上保释金。"

我发誓,曾经住在平民区里的女人——埃穆娜·欧德·赛德,她是全世界最愚蠢的女人,她没有嫁给塔莱哈,而他那么能言善辩,还当上了部长,拥有殷实的家资,还因工作关系到处旅行……不,不,我要收回我的起誓,我想起了爱情,想起了爱情的快乐与苦痛,她已经选择了她全心全意爱着的人,那应该就是最好的选择。

我一边听着部长大人剩下的话,一边在脑子里迅速寻找自己刚才推断中的,哪怕是一丁点儿的漏洞,去洗脱沙姆斯·欧莱——一个化学天才的嫌疑。但是……那是不可能的……一堆无法推翻的记忆犹如残酷的冰雹砸进我的脑袋里:他有一把我家的钥匙,是几年前我给他的,以便哪天我没有去上班,他可以来我家找我,可是直至我辞职,他从未来过;他认为货币商塔莱哈或其他人的发家致富靠的是运气而不是勤奋,更重要的是,他能够制造出危险的化学药剂,可以无声无息地杀人,并不会留下证据。我的主啊,我唯一的朋友,我一直维护着我们的友谊,我从没想过那天他固执地擦了十几遍皮鞋,是为掩饰他的慌乱。可是现在,我仍然希望,如果这些情况属实,他还是能从案件的嫌疑中逃脱。

但是,如果我揭露他,会有人相信吗?

我要告诉他们,我有着不会出错的直觉,这种直觉把我的朋友列为杀人凶手,它的推测是正确的吗?告诉警官们那把钥匙的事儿,还有欧莱对一些人的态度?艾斯玛,我要那样做吗？

那一刻，我拼命地在回忆中搜寻你的身影，我不想你从脑海里悄悄溜走，而这对我来说是天大的事情，它远比我当前所处的困境更难解决。

我想放松一下，我实在太累了。

我又回到当前的问题，部长大人不容置疑的推论使调查人员无话可说，只能做出让步，他还准备为我、哈雷姆和哥伦布交纳保释金，但是，警察非常遗憾地说哥伦布还不能回去，因为从他身上搜出了大麻。就在此时，一件令在场人都惊诧不已的事情发生了：哥伦布突然承认了他就是打断贫民窟妓女的胳膊，还抢走她的钱的蒙面人，并招认了其他一些犯罪事实。如果不是他亲口说，本来没有人能给他定罪，我试图让他停下来，可是无法做到。他还叮嘱我说，请我帮忙照顾阿芙拉和贾法尔，我只能无奈地给他一个拥抱，并看着他被警察带走，在最后时刻，他对我说，他将很快回来，好好工作，不会再迷失下去。

在部长大人同我聊起家教工作这件事的时候，我伤心欲绝，当想到自己就要失去这份工作，离开花园区，无法继续在你的身边享受那种恋爱幸福的"折磨"时，我差点儿哭出来，但令人意外的是，部长微笑地安慰着我，并对我说：

"给你放几天假调整一下，之后再回来工作。"

此刻，我再一次觉得埃穆娜·欧德·赛德嫁错了，可我又反复地对自己说：不，不，她没错，她和她心仪的男人结婚，那是爱情的力量，是最正确的选择。

"这……难道不会有什么问题吗？"

我忐忑地问他。

"不，绝对没有任何问题。"

部长大人回答说。

我没有胆量回家，哪怕只是靠近它，贩卖牲口的商人的离奇死亡事件已经传遍了整个街区，街道上挤满看热闹的人群，几十个人就站在门口，向里面张望，好像在等待着什么，我敢肯定，他们在议论我，在编造着各种故事，我知道我的家还有我的邻居现在的名声一定被毁得差不多了，只要当局一天不宣布案件的调查结果，那事情就不会有任何变化。死者的亲属已被告知这事儿和我没有任何关系，我只是这场意外事故的牺牲品，警察局正在努力地调查案件的真凶、杀人动机和犯罪手段，他们对警察的说法虽不很满意，但也接受了这样的事实。阿芙拉一直哭哭啼啼的，而我害怕回家，她搬了一把塑料椅子放在我门外，准备坐在上面挨过一夜。

那些人七嘴八舌地将一堆不堪的问题抛向我，我没有做出任何回答。整个晚上，我都是一个人，很抱歉我没有让你和我"在一起"，因为那会儿我满脑子都是那个朋友——杀人凶手。我试着找寻案件的突破口——关于那把遗失的钥匙，关于未来，关于良心的泯灭，它一直在刺痛着我，我想过说出一切，但我没有。我们曾坐在一起，当时他兴奋地聊着未来，我实在不敢想象面对的是一个内心计划着犯罪，却面露笑容的杀人凶手。我绝不会去找他，因为我不知道会不会成为下一个遇害者，我认为现在的沙姆斯·欧莱就是一个六亲不认的魔鬼，可以杀任何人，只要他想。同时，我也害怕他来找我，我知道他所做的一切，还要若无其事地装成一个忠诚的朋友，去参加他的婚礼，为他送上祝福。

现在，曾经我听到过的夜晚的声音，全部在我面前变得具象起来：伸着舌头一直喘气的狗，泥泞河沟里的青蛙，角落里凄厉叫春的猫，路上踉跄走着的醉汉，穷困潦倒的小偷……同样无法入眠的阿芙拉，时不时会过来看看我们，贾法尔大哭大闹地在地上爬着。在天亮之前，我身边的人们慢慢散去，而我要等到太阳真正升起后，才敢进入家门。我知道我肯定睡不着，自认识你之后的每一天，我都一直失眠，现在又遇到这样的大麻烦，就更加难以入睡了。我多么希望有一个奇迹出现，将我从这种困扰中解救出来，艾斯玛，我要回到你的身边，我这个梦想家，为你执迷不悟的人要回到你身边。

我在椅子上小憩了一会儿，并没有注意到那辆突然停在面前的汽车，当司机从车上跳下来时，我才看到那是部长大人在场时盘问我们的警官，也是他把我和哈雷姆释放了。他看上去疲惫不堪，胡子乱糟糟的，脸上似乎是被抓红了，看起来还有点肿胀。他在我面前站定，没有打招呼就直接向我发问：

"打扰了，老师，有个问题我之前没有问过你，谁还有你家的备用钥匙？"

这真是一个突如其来的问题，让我的心为之一震，但无论如何，我现在不得不回答他，于是我含糊地说：

"是的，我哥哥布哈里那儿有一把。"

"你哥哥布哈里？你还有个哥哥？他现在在哪儿？"

警官显然吃了一惊，在那一系列盘问、调查里，除了我以外没提到过家里其他人的名字。

"先生，他七年前就失踪了，那以后再也没有出现过。"

我想他有些失望，但尽管如此，他并没有离开的意思，而是搬了一把椅子坐在我身边，并拿起阿芙拉端来的热茶，给自己倒了一杯，并问道：

"他为什么失踪？为什么不回来了？你们俩之间发生了什么事吗？"

"不，没有，他曾是社会主义复兴党的一名活跃分子，安全部门把他驱逐了。"

我说道，同时观察着他的面部表情。

他看上去惊慌失措，肩章上本该闪亮的星星，好似突然间也暗淡了下来。他明白，全世界都明白，像"安全局"这样的部门以及像哈基姆·戴尔那样一手遮天、迫害无辜的狠角色，一定能令他一般的普通警察谈虎色变，在这种部门面前，警察和市民没有区别，遵纪守法的人和违法乱纪的人也没有区别。他挪了一下椅子，和我保持一定的距离，我想我的话让他知难而退了，他喝不完这杯茶就会离开。

这时，卡德斯·卡尔亚古斯开着他那辆老旧的汽车疾驰而过，早起卖奶的小贩赶着驴车也出现在路上。我想我该清醒了，再让你回到我的记忆当中，这几天以来，我一直没有完整地把你想起。

第十七章

自我家发生那起案件之后,漫长又痛苦的三个月过去了,其间真没有什么可以向你诉说的事情。

被送到首都而后又送到国外的样本化验回来的结果显示死者没有任何中毒现象、没有服用任何过量的药物、没有内脏器官的损伤,没有人知道那三个人到底是怎么死的。因为找不到什么证据,也找不到作案工具,所以调查凶手的工作处于半停滞状态。

我时不时就会想起自己对凶手的判断,但我过一段时间就可以将它平复下去,用我和沙姆斯·欧莱之间曾经的友谊,还有我们之间或美好珍贵,或可以忽略不计的那些记忆。沙姆斯·欧莱依旧常来看望我,并约我出去钓鱼,或是聊聊天,我不露声色并暗中仔细观察他,看着他的时候,我觉得魔鬼的胡须从他的下颌骨里生长出来,而他那双被受害者灵魂诅咒的眼睛也不时地注视着我,我惊讶,冷酷无情的他,怎能变得如此从容快乐?他现在要用不义之财去办婚礼,这样的事情闻所未闻,或许不会发生第二次了。多少次,我们并肩而坐,听着他对未来的畅想，我就倍感恐惧。大多数时候，我都很害怕他拿来的零食，比如咸花生米、巧克力，还有他从街上买来的南瓜子，我借口肠胃不好，医生说不能吃这些东西，但事实上我根本没去看过医生。又过了一段时间，我还是无法想通关于案件的一些问题：

他是怎么把他们杀死的？

为什么要选择在我家呢？

他杀了人，怎么还能表现出若无其事的样子？

有时我甚至很想当面问问他，但我没法做到，艾斯玛，我害怕沙姆斯·欧莱，非常害怕，也正是因为这种害怕我才只能继续和他做朋友，若我现在和他断交，那就意味着我怀疑他，要是有一天他知道我知道真相，那我可能也命悬一线了。我可以因爱而亡，我甚至可以随时准备好面对死神，但只希望那死是来自你，来自爱，而不是来自一个化学天才的疯狂。

在案件发生后的最初几天，沙姆斯·欧莱来过我家好几次，他那破旧的费斯普牌摩托车被重新喷了漆，擦得干干净净，闪亮一新，他还是像往常一样，一有时间就没完没了地擦拭他那双黑皮鞋，他安慰我，大骂那个凶手竟敢在受人敬仰的老师家里一下子杀了三个人。他说他在学校里驳斥了那些疯传前化学老师是杀人凶手的流言蜚语；他一个人去警察局为我做无罪证明，尽管没人要求他那样做；他还去见了住在城里的死者的家属，慰问了他们，并代替我参加了死者的葬礼，与死者家人一同将遗体送到城市公墓去，他说他知道我仍旧处于沉重的打击之中，是没有力气做那些事情的。

就在那一天,我实在忍不住了,想确认一下对他的猜测到底准不准,于是我面无表情地问他:

"如果那天换作是你回到家里,发现死尸,你会怎么办?"

他从兜里掏出一块干净的布在他那双干净的皮鞋上不停地擦拭,回答说:

"我绝不会像你那样大喊大叫,我或许会先休息一下,吃个晚饭,然后再跟邻居说一说,最后去报警。"

我不再说话。

为了找出案件的真相,我去了市中心的"国民"书店,那是我们学校的老校长阿塔开的,之前我曾在那里看到过一本人类史上最著名的有关杀人犯的书籍,当时看了一眼书名我就不寒而栗,而现在,我非常强烈地想要拿到那本书,我想把书中的杀人恶魔同我的同事、我的老朋友沙姆斯·欧莱对比一下。我很幸运找到了那里仅存的一本,我小心翼翼地翻看,并不让走过我身旁的人瞧见书里的内容,好像我在做什么坏事。我用了一整天的时间读完了这本书,书里所说的和我对他的判断非常一致。加尔·希丁克、乔治·格罗斯曼、弗里茨·哈曼、卡尔·迪奈基[①],还有世界各地几十个类似的人,书中将他们的经历写得很完整,这些人被称作冷血杀人魔,他们并不是穷困潦倒,也不是无家可归,相反,他们拥有体面的职业,比如医生、技术人员,他们会交朋友、恋爱、结婚,在家人的陪伴下幸福地生活。但是他们通常会有一些古怪的行为:有人喜好在家里收藏女人的胸罩,有人听到新生儿的呼喊会刺激性欲,有人喜欢送丧者的哭号。而沙姆斯·欧

---

① 杀人狂魔。——译者

莱则恐惧他的鞋子变脏,一天要擦几十次,这就是他的古怪之处。

后来我见到他的时候问他,像是在问一个遥远的幻影:

"你觉得那个在我家行凶杀人的罪犯,事后会过得快乐吗?"

我问他这话的时候,我们俩正在麦尔哈布餐厅吃快餐,而他给皮鞋重新挤了一层鞋油。那会儿学校已经放假,离他的婚期也只剩下几天。

他听了我的问题,回答得没有丝毫迟疑,同时他的手还在忙乎着他的鞋:

"怎么不可以?在他看来他已经完成了非常棒的一件事,我猜他十分漂亮地完成了,值得为此开心。"

他的眼睛直勾勾地看着我的眼睛,并补充道:

"但是,调查证实他们是自然死亡……不是吗?"

"是的,是的。"

我说道。我感觉自己喉咙发干,心也有一点儿疼。

依据新娘的要求,他们的婚礼在豪华的萨法宴会厅举办。他俩乘坐着布满鲜花的黑色奔驰车而来,车是特地从安夏木拉租车行里租来的,它是本城唯一一个租车行。婚礼上,我走上舞台向他祝贺,他表现出那种让人难以置信的幸福感,负责整场表演的知名歌手是从首都请来的,他的确才华横溢,即兴演唱了一曲名为《阿绥姆,太绥尔》①的歌曲送给一对新人,他的新娘是大家闺秀,所有各方面都很优秀。沙姆斯·欧莱突然抓住我的衬衣,把我拉到他面前,从衣兜里拿出一把生锈的钥匙

---

① 两个名字分别是新郎和新娘的。——译者

放在我手中,他一边大笑一边对我说着话,而那笑声在我听来分外刺耳:

"我的朋友,这是你家的钥匙。"

他给我介绍完他幸福的妻子后,在我耳边缓缓地低声说道:

"你家的蜡烛里有一种特殊物质,我已经帮你清理干净了。"

"什么物质?"

我喊道。我的脑袋里混乱极了。

"灌在那些蠢货鼻孔里的东西。提贾尼、贾斯姆拉、那依姆,他们都是下贱的蠢货,不配活着。"

他肆无忌惮地在地上吐了口唾沫,这与高档的宴会厅格格不入。他对我使了个眼神,然后哈哈大笑起来。

艾斯玛,在那一刻,我与他之间十二年的友谊一下子崩塌了。但你绝对无法相信,当这样的结果摆在面前的时候,我仍然选择了无奈地接受,即便我的良心在不断地呐喊,我想我只能保持沉默。

我走开了,脑子里仍在思考着被那些不幸的人吸入体内并将他们杀死的物质,我没想出答案。那种物质可能是一氧化碳,它侵入血液里,与血红蛋白结合后是不易被查到的,但他是如何弄到的呢?这种气体通过燃烧产生,在密闭的空间可致人死亡,但他需要将人固定且令他们窒息而死,这种情况并没有发生。不,不是一氧化碳,不是我所了解的物质,也不是实验室能做出来的物质。

我不得不一直在婚礼现场熬到结束,我强颜欢笑,但跳舞的时候跌倒了，是的，我并不擅长掩饰和假装。更糟的是，我不得不回到他包下的宾馆——乌苏克宾馆，这是本市最好的宾馆之一，他也要在这儿住一晚，第二天早晨去首都，然后去雅典度蜜月，而我必须先他一步到火车站，强装热情同他道别，我打心眼儿里希望他再也不要回来了。

我并不担心嫁给他的那个年轻女人，我知道他绝不会伤害她，既然他能为了她改了名字，还为了她杀害了三个无辜的人，那么他就绝不会伤害她。这是变态杀人魔都遵从的原则，这是我从那本恐怖的"杀手之书"里看到的。

现在我唯一的愿望就是沙姆斯·欧莱一开始他的蜜月旅行，就把我忘掉，永远地把我忘掉，放我一个人去过你的生活，我要把你召回我的脑海当中，用你那美丽的身影擦去我家里的死亡气息、每晚侵袭我的梦魇和居民区那些人看见我时的咒骂。还有一件事情要做，我跟塔莱哈部长大人说，希望他能尽最大努力救出哥伦布，因为他的妻子阿芙拉看上去极度抑郁，每天都在不停地哭泣。由于她丈夫不在身边①，所以我不能去她家，她也不能来我家，因为我是一个光棍儿，而且还曾是犯罪嫌疑人。

投机商人卡德斯·卡尔亚古斯为了他的新投资，卖了平民区附近的幼儿园和市中心的另一个幼儿园，突然不见了踪影，留下他妻子玛利亚一人在街头游荡，她又开始像从前一样扭来扭去地行走。有人说，卡德斯将成为国家驻尼加拉瓜的大使，我不知道谣言为什么传的是中美洲的尼加拉瓜，平民区里几乎没人听过这个地方；还有人说，他受到了谢赫阿布·萨哈布的

---

① 按照伊斯兰教法习俗，女人串门须有丈夫陪同。——译者

威胁，这个人仍然逍遥法外，没人知道他的行踪，而卡德斯因为害怕他的报复逃离了本市。但是铁匠比尔太告诉我他妹夫目前遇到了一些麻烦，所以暂时离开了这个是非之地，等事情都结束了再回来。我的直觉一向很准，但我还是不知道他说的是真的还是假的。而铁匠又开始跟在他那个杨柳细腰的妹妹身后，到街上跟人打架。

如果我要去花园区的话，会先步行到公交车站，乘车去市中心，然后再换乘到达花园区。当局开通了这个高档街区的公交专线后，我一直这样走，而在这之前，我只能乘坐出租车，那些出租车司机每个都说因同事忌妒而没被推选为协会主席，除了那个开干净克里希达车的司机，因为他说他就是那个主席。

艾斯玛，我清楚地记得那是潮热的一天，走出家门，我的双眼被街区的墙深深地刺痛着，我在那上面看到了我自己扭曲的脸：

丑陋而一副挑衅的模样，滑稽的胡子，流着鼻涕，穿着破烂不堪的衣服，旁边有用黑木炭写着醒目的大字：疯子——艾斯玛的情人。我看见这些字出现在我家的墙上、邻居家的墙上、附近街区的墙上，还有公交车经过的所有建筑物上。艾斯玛，街区的居民说我就是墙上画着的那个无耻的疯子，只有狗和最不堪的人才和我一样，他们忘记了，我曾是这里受人尊重的人，他们永远不会理解"卑鄙是卑鄙者的通行证，高尚是高尚者的墓志铭"，不朽的爱人会永远不朽，而无耻之徒则早晚消失。我对这一切深感不解：他们无法解释那起杀人案，却能从我的眼里、行为里看出我的梦中情人是艾斯玛。这太不可思议了，一定是有人暗地里搬弄是非、煽风点火，我突然想到了哥伦布，想到他在家讲关于我的事情，可那都是很久以前的事了，为什么现在似乎所有人都知道了。

在我面前有两条路：一是放任他们去诋毁我，让那些墙上的画和流言蜚语随意传播，直到它自生自灭；二是我自己想方设法将其除掉，因为那些东西的存在会慢慢磨掉我的勇气，而那些勇气一直以来支撑着我见你、爱你，但遗憾的是，我的勇气现在也所剩无几了。

艾斯玛，你不会想象到那天发生了什么，我去花园区，并没教哈马姆，只是请了假，然后就回家了。我的女邻居阿芙拉，尽管她第一个知道我恋爱了，并随即告诉了她丈夫，尽管从她丈夫被捕后她就没有停止过哭泣，然而那天她却帮了我一个大忙，我们一起度过了一个有趣的夜晚，当然还有送我回来的出租车司机，我们三个一起把街区脏乱不堪，充斥着诋毁和嘲讽的墙面洗刷干净，这件事真是太疯狂了。

艾斯玛，我突然想起了宗教人士"小德国"，那个曾经调戏女游客的人，那个没有小说的小说家，后来我不知道什么原因让他突然间变得极端，还改名为"艾布·萨哈布"。在我眼里他从来也不是一个极端分子，我记得他莫名其妙地消失了，一同消失的还有他的朋友爱资哈尔，就是那个莽撞的土耳其厨师。我听说他们组织的一些人已被逮捕，押往首都，审讯后被判了刑。而更加可怕的是，我还听说艾布·萨哈布在阿富汗与一些共产主义者作战，并取得当地武装的支持，他再一次召集他的同伙，从邻国出发，准备策划对当局人士的暗杀。而这一切仅仅是听说而已,"小德国"也就是艾布·萨哈布,还有他的朋友爱资哈尔,一直到现在都没有在本市出现过。

第十八章

我和部长大人塔莱哈家的关系变得非常密切,他家没有任何一个人问过我关于那个杀人案的事,部长大人让我住在给哈姆姆上课的房间里,我便可以时常在花园区里散步,幻想有一天能够捕捉到你的影子,甚至遇见你。最初,高贵优雅的部长夫人莱伊莱克,不再像以前一样,手中端着我说不上名字的果汁,倚在门上,问我一两个有关哈姆姆的问题,好像去了一个我全然不知的世界,但我依旧能感觉到她的存在……一个人,在一个地方待久了,慢慢地原本觉得奇怪的事情,也会入乡随俗、习以为常。

如今,我已可以在他家里随意走动,饿了,也可以要吃的;发现厕所不干净,也可以抱怨一下,甚至可以呵斥懒惰的女佣。偶尔部长夫人也会来到我的房间,放松地坐在椅子上,跟我聊她想到、我想不到的一些话题,她给我讲已故父亲的遭遇,对已故母亲的感激之情,她还说起唯一的兄弟瓦利在国际组织非洲战争难民事务部工作,那个组织的总部设在内罗毕,不久之后,他将回来和花园区的一个女孩结婚,那个女孩不是他们的亲戚，有一次瓦利从首都赶回来参加亲戚的婚礼，遇见了那个女孩，然后便上门提亲，在获得女孩和家人的同意后，他俩订了婚，那时候塔莱哈还是部长。我也向她吐露我心中的苦闷，甚至有一天当我讲述自己水深火热的境况时，差点儿在她面前哭出来，我请求她帮我找艾斯玛。

那一天我觉得头晕目眩，胸口憋得难受，我很诧异怎么会莫名其妙地头晕胸闷。

为什么我会觉得所有的快乐都会和我作对？为什么我会幻想花园区里所有的姑娘都是你？

我看着成百上千的不同年龄的姑娘，她们走在花园区的路上，或是哈哈大笑，或是逛街购物，或是缝制衣服，或是在公园里度过柔和的夜晚。她们中的每一个，都适合给一个在国际组织工作的男人做体贴的爱人、未婚妻、妻子。即使部长夫人说那个姑娘的名字叫艾斯玛，我也没有权利激动、忌妒。我不止一次想过，你就是那个姑娘，这时我无法表现得镇定自若，即使努力地克制。部长夫人看见我无缘无故地紧紧抱着头，以为我头痛病发作，便拿来一杯水和两片止痛片，坚持让我喝下去并休息一下，拽走了她身后那个多动的孩子。

那些天，我依旧没有找到你，那对我来说真是最煎熬的日子了。我摆脱了沙姆斯·欧莱的纠缠，杀人案也不会再侵扰我的梦，也没有喘着粗气的阿芙拉，就是那个在我家洗刷碗筷、换床单、打扫尘土，累得汗流浃背的女人。哥伦布终于出狱了，那是部长大人的功劳，我本人从未向他提起这件事，但我想应该是莱伊莱克请求他的。

我不记得第一次去哥伦布家是什么时候，甚至怀疑根本就没有进去过。如我之前跟你说过的,他那个所谓的"生活大讲堂"无聊之极,只有百无聊赖的人才会去参加,我一直都不屑与他来往。后来他娶了另一个城市的姑娘阿芙拉,直到他俩经常来我家串门,我也从未回访过他,甚至在贾法尔出生时,我买了一盒甜点,也只是在他家门口交给他,然后就转身离开了。

我买了两箱本地产的碳酸饮料,是那段时间比较受欢迎的口味,我拎着它去了哥伦布家。令我大吃一惊的是,他家尽管狭窄,而且户型和我家没啥区别,但却收拾得整洁干净,花盆里插着鲜花,客厅里摆着质地不错的皮椅,小桌子上放着几条干净的毛巾。我看见阿芙拉又开始喘着粗气,而哥伦布不再发笑,因为被关押的两个月里他已将毒瘾戒掉,而他原本笑声中所带的疯狂也消失不见了。他说:"她已经怀孕三个月了,在贾法尔出生后的两个月就又怀上了。"

现在你完全在我的大脑中呈现出来,我想什么时候和你说话就可以做到,我给你唱忧伤的情歌、快乐的情歌,我对你诉说衷肠,等待你爱的回应。我偶尔还会回到我居民区的家,那一天,令我始料未及的事情发生了:沙姆斯·欧莱回来了。他从雅典度完蜜月后又回到了本市,他没有骑那台费斯普牌老旧摩托车,而是开了一辆稍有些旧的法国标志小轿车,在紧靠着我家门口前停下,我打开家门就看到他从车内下来,用力地拥抱了我,这是以前从未有过的,而我第一次抗拒地回应了他,他则显得很无所谓,我感觉是他把我推进家门的,可以肯定,他注意到了我的战抖和紧张,还可以确定的是,他知道我对他的神经质一忍再忍。我从那本"恐怖之书"里找到了几十条依据,那都是杀人魔的共性,我将这些依据逐一同我对他的记忆联系起来,发现它们惊人的吻合。还记得有一天他焦躁不安,双手战抖,我们走在街上的时候,听见有人喊:嘿,法蒂玛。他转身,向那个喊叫的人走过去,又回来,我能清楚地看见他眼里满是泪水,我问他怎么了,他说:"有人在街上喊我母亲的名字。"

我们坐在屋子里,我问他:

"雅典的蜜月怎么样啊?"

"太美了,等你和艾斯玛的事儿定下来,我会为你推荐所有的好地方,我现在已经是一个雅典通了,雅典卫城,还有狼山——俯瞰全城的最佳观赏点,一定会令你震撼无比。"

艾斯玛,我没有因为他提及你的名字而心生忌妒,因为此刻我已无暇忌妒,内心只剩下恐惧,我小心翼翼与他保持一定的距离,做好应对突发事情的准备,我悄悄敞开客厅的门,却表现出忘了关上的样子。我甚至感觉他跟我说的那些话都是有预谋的。

"你的妻子希曼怎么样啊?"

我问他,但心里还是慌慌的。

"老兄,是太绥尔。"

他纠正了我的话,就没再说什么。

在半个多小时里,我们相互交流了混乱的记忆,提问和回答那些根本不值得聊起的话题。哥伦布的突然出现打破了僵局,也解救了我。我甚至觉得沙姆斯·欧莱的这次拜访并未带着憎恨而来,也不是用我们之间的秘密来敲打我,他只是一个神经质的来访者,我记忆中的疯子。但他的突然出现,却在我心里种下了恐惧。在离开的时候，他还对我说他也将会像我一样永远地离开公办教育事业，可能会去另一个国家，做点儿除教育以外的任何工作。他的话让我愈加害怕，真心祈祷那些不义之财没有挥霍一空，以便不会再有其他人受到死亡的威胁，我对自己坚定地说，如果他再杀人越货，我绝对不会再沉默下去。

他走后，另一种悲伤在我心底油然而生，那不是我习惯的悲伤，它强烈地撞击着我的内心，我感觉到在对爱情的追寻中我一败涂地，许久以来，我无法找到你的影子，找到证明你存在的任何事物。也许是我把自己的直觉想象得太过完美，而实际上它却毫无意义，也许你已根本就不在花园区，我在那里看见了所有的女人，唯独没有你。我本以为与你越来越近，实际上却越来越远。

清晨，我重新审视花园区这片土地，不……不……你应该就在这里，在那个与你一见钟情的周四，有个女人和你一同离去，而她本应成为找到你的那把钥匙，但我却将它遗失了……艾斯玛，你就在花园区，可是你在哪个角落呢？此刻，我已泪眼蒙眬。

那个夜晚，艾斯玛，原谅我做过的所有事情吧……原谅我，我不再有意识，虽然还没有完全丧失它，我想控制自己歇斯底里的哭号，但已无能为力。我陷入了一种似乎很熟悉的境地，那似乎也是我一直在等待的：

死亡。

我可以把它称作精神死亡，而我肉体上的死亡，也为期不远了，比你想象的更近。

我赶快拿出撰写《366封信》的笔记本，在最后一段下面签上了我的名字"亡人"。

第十九章

瓦利来的时候，我受到了沉重一击，他是部长夫人的胞弟，难民事务处的公职人员，重要的是，再过几天他要和花园区的一个女孩结婚了。

瓦利身材矮小，但神情傲慢，一串金光闪闪的链子戴在他半裸的胸前，胸口有一块旧伤疤，可能是触了电，也可能是被烟烫的，他没有一刻不在吸着烟，那是一种叫"巴杜里"的很陌生的牌子，我从来没有听过。他在家里做着各种无礼行为，让我十分厌烦，当他看见我的时候，就会向我脸上吐烟圈；他会用力拨弄女佣的头发，甚至将它扯乱；他还让低俗的音乐充斥着家里的每个角落，部长大人原本庄重典雅的家，一下子变成了一个吵闹、庸俗的世界。

从我见到他的第一天起，我就强烈地想要避开他，带着将我称作"亡人"的那新的忧伤离得远远的，我已经坦然地接受了这个称呼，不会轻易舍弃它。

因为期末考试已经结束，学校也已放假，所以每次我教哈马姆的时间也缩成了短短的几个小时，我不明白为什么他们还坚持要我教他，也许是家里想让孩子多学点儿知识，也许是部长个人的意思，他想让我这一年都在这里工作。

瓦利从不尊重我的私人空间，也不在意我的忧伤，但我还不得不用我死人般的手跟他打招呼。有几次，部长大人全家在花园里举办聚会，并邀请一些亲戚和我参加，我尽量和瓦利保持一定的距离，以免他打扰到我的孤独。他几次去未婚妻家拜访，想见未婚妻一面都未成功，因为按照传统习俗，在结婚前，丈夫不允许见到新娘，这段时间被称为"监闭"，意思是让新娘好好调理身体、补充营养，并向过来人讨教取悦丈夫的经验。每次从未婚妻家回来，他都是满腹牢骚，甚至说要再搞什么"监闭"的话，就将婚事取消，然而转脸他又恢复如常。

哈马姆很喜欢舅舅，部长夫人也从不对弟弟的行为进行指责，尽管他的做法并不像一个将要结婚的男人。而部长塔莱哈，有时会外出做他的货币生意，他通晓这一行之后就从未间断过；有时他会一个人待在卧室，我不知道他在里面做什么。

我已经完全放弃了在花园区里徘徊，也不在那宽阔的街道上或是绿意盎然的公园里呆呆失神。我看过了很多相关的材料，爱情的最后状态就是情人达到精神上的死亡，像一个生物体一样结束，剩下的时日就是行尸走肉、活死人一般地苟活。那一刻，被爱的人也绝不会向他招手，即使她和他有了某种交集，或许他也会因为这种交集而感到幸福，可能会开心，也可能会哭泣，可能拥抱，也可能疯狂，但不管怎样，他绝对不会再回到从前，如普通人般活着。

他们开始在家里家外忙活起来，我知道瓦利的婚礼就定在下周，在高档豪华的萨法宴会厅，就和沙姆斯·欧莱的婚礼在同一地点举办，就是我提心吊胆地参加并一直挨到最后一刻的那场婚礼。那里一向是富有的新人最中意的地方。

他们正在讨论婚礼最后的准备细节，我路过时偶然听到部长夫人问她的一个女性亲戚：

"你觉得艾斯玛会对远在肯尼亚的生活感到满意吗？"

如果我还活着，我的心一定会为之一颤，但现在，我已经死了，正如你知道的那样。但纯粹出于好奇，我还是问了一句：

"瓦利的未婚妻是叫艾斯玛吗？"

"是的。"

部长夫人微笑着回答，没有加上任何一句多余的话。

在埋葬爱情之前，我一定会顿足捶胸，抽搐地倒在地上，从崩溃的边缘挣扎着去寻找这个问题的答案，哪怕不得不去询问那些女佣——她们对家庭情况了如指掌，甚至知道主人睡觉时会打几次鼾声，妻子会倒在丈夫怀中几次。我可以轻易地查到，你是否就是那个要做瓦利新娘的人，还是花园区里有另一个名叫艾斯玛的女生。我可以很轻易地偷出瓦利包里的东西，我相信那里一定有他未婚妻的照片，但这一切只是我还活着时会做的事情。一次，我在花园面对面遇到了刚从外面回来的部长大人，我用精神已死的身体发出声音，对他说："很抱歉，我不能再继续在您家工作了，请原谅我，找一个人代替我吧。"

部长大人并没有接受道歉，他似乎想弄个明白：

"你为什么要离开呢？我想我们没有什么做得不足的地

方吧？"

我回答他，好像用一个从墓地里发出的声音：

"不，部长阁下，你们没有哪里做得不好，我非常感谢您送给我那套美丽的西装，原本它将陪我去参加瓦利的婚礼，但现在我已经把它交还给您爱人了。"

"你还没告诉我离开的原因。"

他坚持要弄清楚，而对于一个尸体来说，真的没有什么好解释的，我回答说：

"阁下，我不知道该怎么对您说，我想，终有一天您会明白。"

而后我又补充说道："明天我就不来您这儿了，但下周我会去参加瓦利的婚礼，向他表示祝贺。"

部长大人看起来不太高兴，对我说，如果觉得累了的话，可以暂停工作一段时间，但任何时间他的家都欢迎我，当然也可以和他们一块儿筹备瓦利的婚礼。怎么会呢，这事儿我从来都不愿意干。

从悲伤和死亡的层面来看，我正在成为一具尸体，我还能控制所有的感官，嗅到各种味道，但是我已断绝吃喝，只吃一点点儿以保持我对你的记忆，因为没有多少时间了。在以前的失眠之夜，是你独自一人将我的黑夜照亮，无数激情澎湃的念头曾向我袭来，我也热烈地做出回应，从未想过有一天它会消散。从那些念头当中，我选择了一些足够杀死痴情人的理由，而我就是那唯一的痴情人。我想过毒药，想过电线，想过悬挂的绳索，想过可以吞噬绿洲和沙漠的火焰，我甚至还想过那个神经质的朋友沙姆斯·欧莱，和他仁慈的化学凶器，我现在非常需要它。

我如游魂一样在市场里晃荡了一整天，麻木地翻看着手里一件件"死亡商品"，别人看来那些恐怖的工具，在我看来却如此正常。我从那家专门的编织店买来了绳子，又去药店买了六十片安眠药，我太了解这种药的化学成分了，它要了多少人的性命：痴情人、绝望的影视明星、歌手……我跑遍了和沙姆斯·欧莱曾经常去的地方，但都没有找到他。他已完全不再来看我了，我也不知道他究竟在哪儿，我告诉过你了，现在是暑期，学校已经放假，如果他见到现在的我，会不会把他吓到。尸体般的我会对他说，我要把他做的坏事公之于众，我会为他搓好绞刑绳，之后在家里等着他，我会将再次填满杀人气体的蜡烛交还给那个化学天才。

我的死亡游荡也包括这一站——阿塔校长的书店，我在讲述有关肉体死亡、精神升华的书籍前站立良久，什么都没买，却买到了一种叫作"希望"的东西，我的精神会在花园区——那个我深爱过，也让我一败涂地的地方展翅翱翔，最终它如愿以偿地消散，在那一刻成就一个无助的凡夫俗子对爱的升华。

我从未在意过哥伦布又要有小孩这件事，也不想他来打扰我的尸体，但他说，他计算着我出门和回家的时间，想要告诉我阿芙拉感觉这次怀的是个女孩，想要取名叫"希望"。我的尸体嘲笑着这个决定，是的，我们创造了希望，就如同养一头骡子，我们给养它、爱护它，看着它一点一点长大，但到头来，还是逃不过被宰杀的命运。

我对他说："那你就叫她'希望'吧，这跟我没有半点关系。"我还警告他不要再跟我说关于他自己或其他任何人的事情,因为尸体的耳朵是听不到任何声音的。哥伦布愣愣地看着我,现在的他已经从曾经的瘾君子变成一个正常人,此刻在他眼里,我似乎成了一个怪物,他没有说什么,也没有大笑,丢下我转身离去。

我依旧有几天独自享受精神死亡的日子,我开始拼命地挥霍:去了离家很远的墓地,看望了长眠于此的父母;去了很久没去过的人民影院,看了部片名为《灵车》的电影,影片播放的时候,很多观众都被吓跑了,而我一直看到了最后;在医院解剖室前徘徊了很久,并偷偷向里面张望,我用力呼吸那里充满死亡气息的空气,好令自己习惯于此。

艾斯玛,简而言之,我让这种精神死亡,成为肉体死亡在这个世界上最后一个,也是最忠诚的一个朋友。

我变得更加行踪诡异,甚至比疯狂找寻你的时候还有过之,我将家里的门闩全部换掉,并做了耳塞让自己不会听见哥伦布和他气喘吁吁的女人的敲门声。

我没有去亲戚阿卜杜·卡德尔家吊唁,他正处于青春期的妹妹死了,是因为一场火灾,最终她在那儿的一条走廊里被找到。阿卜杜·卡德尔——那个蜜月期被我打扰的人,他的第一个孩子出生,我也没有去祝贺。他为孩子取名叫"穆阿迈尔"[①],一个神经兮兮的疯子的名字,他曾经统治过利比亚,很遗憾,他的名字在那段时间里竟然成为一种时尚,没有对孩子的未来进行调查,就将其与一个不知道其所能容忍的痛苦的程度是多少的统治者联系在一起。

① 引自卡扎菲。

我也有一个自己专属的时尚，那就是尽我所能去修剪生活的羽翼，我成为一个痴情人，我的信，永远不会有么一天能够到达所爱之人手中。

我在最后那段下面写了一句话，借用一个疯子之言，他是一个芭蕾舞者，经常说这句话：

"母鸡被杀掉前跳的那一段，就是世界上最美的舞蹈。"

在瓦利和艾斯玛结婚的前一天，我已不再想着去探究新娘到底是你还是另外一个女孩儿，我的精神和肉体都已不在乎结果，但这又再次引起了我对你的回忆。我去了塔莱雅尼"遗址"，那里是我第一次也是最后一次见到你的地方，我想在肉体死亡之前再一次验证我的灵魂是否能真的将你忘却。我走进"遗址"，那里在没有婚宴的时候，就像一个普通的咖啡厅，我寻了一张孤立的桌子，坐下，要了一杯不加糖的柠檬汁，一名穿着工作服的服务员为我端来了。他的头发和胡子都修剪得干净整齐，肚腩微凸，他将柠檬汁放在桌子上，却没有离开。我的眼睛犀利地看着他，认出他就是爱资哈尔——"小德国"艾布·萨哈布的助手，我坐在椅子上，没有感到丝毫的惊讶或激动。爱资哈尔在我面前站定良久，很是凝重地观察我的反应，我依旧如前，最后他还是先开了口，他的声音紧张而慌乱，既不像一个厨师，也不像极端自信、挑战当局的人。

"你认识我吗？"

我说："不认识，肯定不认识，我们从未见过面。"

他走了，带着满足的快乐，他觉得自己的伪装骗过了我的眼睛，却不知道他获得的只是一份虚假的快乐。

或许一天之后，也或许两天之后，哈基姆·戴尔和他的安全局工作人员就将会发现这有一个以服务员身份隐藏自己的在逃极端分子,然后他们会毫无人性地将他挂在阴冷的绞刑架上。透过离我很远的一扇半开着的门,我瞥见一个胡子刮得干干净净的面孔,他看了一会儿,然后就消失了,我无法确认那是"小德国"——艾布·萨哈布,还是一个普通的服务员。

第二十章

今天是部长夫人的兄弟瓦利同艾斯玛结婚的好日子,也将是我对你的最后一次纪念,我将永远不会知道这个艾斯玛是你,还是住在花园区,和你同名的另一个女孩。

夜里我还是没有睡觉,正如你都知道的,这是我这一年来落下的习惯。一大清早,我就忙碌起来,把木箱子里的那不算太多的东西都掏了出来,把我的衬衫、裤子也拿出来,一些衣服已穿烂,还有一些是半新不旧的,这些都是在我拥有着虚幻而病态的希望的日子里穿过的,它们每一件上都留着我生命历程的印记,我认真地将它们装在一个破旧的提包里,这个提包曾是布哈里用过的,我清理了包上沉积多年的污渍,和里面结网的孤独的蜘蛛。

我收集了我所有的照片、所有的记忆,包括挂在墙上母亲的那一张照,每当我出去和回来的时候,她都在那里慈祥地看着我,当然还有我的哥哥布哈里的照片。我将所有这些都拿到院子里,点着了火,将一切化为灰烬,并将这些灰烬也清理干净。我出门走向街区的清真寺,我曾告诉过你,每周五我都会去那儿做礼拜,我在这里徘徊了许久,最后离开了。我看到了铁匠的妹妹——玛利亚憔悴不堪地走在街上,她没有注意到我。一个上了年纪、身形佝偻的老人,被一群人围聚其中,他在叫卖被烧过的木头,并称这是爱情的解药,我并没有在此驻足,而是买了一张大饼还有少许蜂蜜,却没有吃。

  傍晚时候,哥伦布又一次固执地敲响了我家的房门,我像聋了一样根本不予理会,躺在木床上,并没有像以往一样觉得床板粗糙坚硬。夜幕终于降临,死亡的气息开始残忍地侵蚀我的尸体,决定早已做好,而现在变得愈加坚定。我将六十片安眠药放入口中,喝了少许的水,然后打开日记本,用死尸的手指签下最后的名字:

  亡人。